UN JEU MALSAIN

LA REINE DES DAMNÉS

MAGIE, DESTIN ET DAMNATION
TOME DEUX

KEL CARPENTER

Un jeu malsain / Lucifer's Daughter

Kel Carpenter

Publié par Kel Carpenter

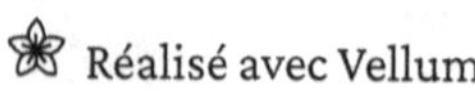 Réalisé avec Vellum

À toutes les femmes et à tous les hommes qui ont subi la maltraitance ou qui ont été abusés : cela ne vous définit pas.

« Parfois, la meilleure lumière vient d'un pont en feu »

— Don Henley

$$I$$

La chaleur suffocante étouffait ma peau tandis que le feu dévorait la terre autour de moi. Je traversai lentement la terre en désolation, les bras grand ouverts devant moi. La bête sourit en regardant en bas le monde en feu alors que les flammes bleues envahissaient la terre.

Elle aimait regarder les humains courir. Haletant, le souffle lourd et oppressé, tandis qu'ils tentaient de fuir. La façon qu'ils avaient de s'arrêter pour regarder derrière eux, le visage blême en réalisant qu'ils ne s'éloigneraient pas assez vite. Que sa fureur... ma fureur... les consumerait avant qu'ils ne puissent faire un pas de plus.

— Ruby !

Le cri m'arracha de mon sommeil.

J'ouvris les yeux d'un coup et la première chose

que je vis fut le visage de Moira illuminé par les flammes bleues qui dansaient en brûlant tout autour de nous. Pris de panique, Bandit me griffa le haut de la poitrine en grimpant sur moi.

— Ruby !

Elle se mit à califourchon sur moi pour me secouer avec force en émettant un cri à réveiller les morts. Nos vitres volèrent immédiatement en éclats.

Merde. Ce n'était pas la terre à l'abandon. C'était chez moi, Moira et Bandit avaient bravé les flammes pour me sauver. Je pris une profonde inspiration, envahie par la peur pour leur sécurité... par ce que je pouvais leur faire... tout en tentant de maîtriser l'enfer. Je me concentrai sur la connexion pour essayer de les éteindre. Mais elles ne firent que gagner en hauteur tandis que je paniquai devant mon apparent manque d'efficacité.

Au fond de moi, la bête fronça les sourcils en regardant la scène qui nous entourait et grogna sur Moira et Bandit pour s'être si bêtement mis en danger. Un seul de ses regards suffit à circonscrire immédiatement l'incendie.

Eh bien, dans ce cas.

— Moira, dis-je d'une voix rauque.

Son cri cessa à la minute où les flammes se dissipèrent, laissant une fine pellicule noire et brillante que je pensais être de la cendre. Une rafale glaciale souffla par la fenêtre, soulevant suffisamment les stores pour laisser passer un rayon de soleil qui illumina un peu plus la scène devant moi.

Mon corps dénudé frissonna en marchant sur le béton nu, là où il y avait de la moquette et un canapé avant. Ma salle de séjour n'était plus que des restes carbonisés entre quatre murs. La dalle de béton était parsemée de tas de cendre noire qui flottaient dans la pièce sous les assauts du vent. Bandit enroula fermement ses pattes autour de moi et le corps nu de Moira se serra contre moi en une accolade désespérée. Sur sa peau vert pâle, il ne restait des vêtements qu'elle portait qu'une fine pellicule noire. Alors que tout le reste avait été détruit, ma meilleure amie et mon raton laveur étaient sains et saufs.

— Je suis désolée. Je ne voulais pas...

Des coups frappés à notre porte interrompirent mes excuses tremblantes.

— Une minute ! cria Moira.

Les lourds coups sur la porte cessèrent.

— Ruby ? appela Laran.

Sa voix passait par la vitre brisée.

— Je suis ici. Donne-nous une minute, répondis-je.

Il s'offusqua avec impatience, mais n'insista pas.

Moira se leva d'un bond, m'entraînant avec elle. Nous étions toutes les deux couvertes d'une fine couche de cendres, luisantes comme des grains d'onyx dans la faible lueur venant de la cuisine. L'immense canapé deux pièces sur lequel j'avais dormi avait complètement disparu, comme la plupart de la pièce. Le feu semblait s'être propagé tout le long, jusqu'à l'entrée de la cuisine et du couloir, avant que la bête ne l'éteigne enfin.

— Tu es vraiment la fille de Lucifer, murmura Moira.

Ses yeux vert océan s'étaient brièvement posés sur la marque au milieu de mon sternum.

— Il semblerait que oui, grommelai-je.

Le pentagramme inversé se dessinait parfaitement entre mes seins, entouré d'un épais cercle noir. Un autre poing frappa la porte juste au moment où elle parcourait la marque doucement, du bout de ses doigts vert pâle.

J'eus la sensation de faire un bond d'un mètre et Moira lança un regard noir par-dessus son épaule en direction du fracas. La porte ne supporterait pas encore longtemps le martèlement des poings de Laran.

— Allez, passons quelques vêtements pour

accueillir tes hommes avant qu'ils ne fassent une crise.

Elle n'avait pas tort, mais c'était étrange de l'entendre formuler à voix haute. *Mes hommes*. Comme s'ils m'appartenaient. La bête leva la tête et acquiesça avec enthousiasme. Ils *nous* appartenaient.

Je fis demi-tour et m'engageai dans le couloir jusqu'à ma chambre, Bandit sur mes talons. Le doux parfum d'amaryllis qui flottait dans l'air ne parvenait pas à masquer la forte odeur de brûlé ni les effluves musqués de raton laveur. J'avançai à tâtons et allumai lorsque soudain un fracas assourdissant retentit dans mon salon. Je passai la tête par la porte de ma chambre.

Un rideau de cendres et de débris voletait dans la pièce, si épais que je ne distinguais rien sinon un épais voile de ce qui ressemblait à des paillettes noires. Les particules virevoltèrent un instant avant de se reposer lentement. Laran balaya la pièce du regard, fronçant les sourcils à mesure qu'il parcourait le couloir pour finalement s'arrêter sur moi.

— Que s'est-il passé ici ? rugit-il.

Je déglutis, pourtant, ni moi ni la bête en moi ne comptions répondre à quelqu'un qui avait l'audace de défoncer ma porte comme un vulgaire animal juste après que je lui aie demandé de patienter. Je claquai ma porte de chambre et enfilai mon peignoir noir en moins de deux. Je finissais à peine de nouer la ceinture autour de ma taille lorsque ma porte s'ouvrit en grinçant.

— Je t'aurais ouvert si tu avais attendu une minute de plus que je m'habille, lançai-je sèchement.

Mais je parlais à un sourd.

— Pourquoi y a-t-il du verre à l'extérieur de ta maison ? Qu'est-il arrivé aux fenêtres ? Pourquoi...

Le claquement d'une porte l'interrompit brutalement. Il se retourna et regarda la démone qui se trouvait derrière lui. Moira contourna sa carrure massive pour se poster à mes côtés. Elle portait un peignoir blanc extra-fin, beaucoup plus sexy que tout ce que je possédais. En général, les démons ne s'intéressaient pas trop aux vêtements. Je doutais qu'elle se rende compte de combien cela mettait en valeur ses jambes, et ce malgré la poussière noire qui maculait son peignoir.

— C'est une habitude chez toi de débouler chez les gens sans y être invité ? Ou bien cela n'est-il qu'une façon pour toi d'affirmer ta domination ? le fustigea Moira.

Son regard s'assombrit et il avança d'un pas pour nous toiser.

— Là n'est pas la question, banshee, grogna-t-il.

Cette rivalité d'ados entre eux deux me donnait envie de me passer la main sur le visage.

— Même si elle avait tout brûlé à l'exception d'un malheureux placard, cela resterait quand même la question. Vous, les Cavaliers de l'Apocalypse, vous devez apprendre le respect...

Il l'interrompit d'un geste de la main, et ses mâchoires se refermèrent comme mues par une force invisible.

— Hé ! protestai-je en lui donnant une claque sur le bras.

Laran leva un sourcil en me fixant. Je ne savais pas si c'était sous l'effet de la surprise que je l'aie frappé, ou parce que j'avais osé lui dire d'arrêter. Quoi qu'il en soit, je n'eus pas à attendre longtemps avant que les lèvres de Moira ne se descellent comme par magie.

— Ne parle pas, ou je le refais, la menaça-t-il.

S'il s'était adressé à n'importe quel autre démon, il aurait probablement pris son avertissement au sérieux. Mais c'était Moira. En toute honnêteté, elle était tout simplement complètement déjantée.

— Si j'étais toi, je ferais attention à qui je mets

en colère, Laran. Il y a beaucoup de fantômes qui aiment à traîner autour de toi. Ce serait vraiment dommage si, par inadvertance, je laissais échapper ce que certains d'entre eux m'ont confié...

Elle avait parlé d'une voix douce comme le miel, cependant ce n'était rien que du bluff, car Moira n'avait jamais eu le don de voir les morts. N'étant qu'à moitié banshee, elle n'avait hérité que de très peu de dons, à part son hurlement hypersonique. Mais Laran n'en savait rien. Il la regarda avec méfiance, ce qui renforça la force de son sourire.

— Tu n'oserais pas.

— Tu paries? répliqua-t-elle d'un ton provocateur.

Heureusement que je n'avais besoin que d'une journée pour tout nettoyer et pour me remettre. Leurs chamailleries me tapaient déjà sur les nerfs. On avait l'impression que Moira était génétiquement incapable de ne pas se disputer avec les Cavaliers, dès qu'il était question de moi. Si ce n'était pas du respect, alors c'était du harcèlement, ou de la possessivité. Elle était même allée jusqu'à leur déclarer qu'ils ne pouvaient pas entrer chez nous à cause de leur sexe. Je ne me rappelais plus le jour où elle leur avait annoncé que nous étions lesbiennes et que nous faisions des trucs de lesbiennes dont les sexes d'hommes étaient exclus. Vu que Rysten et Allistair savaient pertinemment que ce n'était pas vrai… j'avais choisi de ne pas m'en mêler.

— Quelqu'un veut bien m'expliquer pourquoi le salon est cramé ?

La question venait du bout du couloir. Dès que Julian apparut à l'angle, ma bête se mit à se lécher les babines. Il avait la même allure que le jour où les démons nous avaient pourchassés. Ses cheveux blonds, tellement clairs qu'ils passaient pour blancs, étaient coiffés sur le côté. Sa peau pâle était immaculée et sans le moindre défaut. Tout en lui rayonnait, mais il n'irradiait aucune chaleur, aucune bonté. On aurait dit un hiver sans fin : une beauté éthérée, impitoyable cependant lorsque l'on s'y noyait.

C'était la première fois que je le revoyais depuis le coma provoqué par les drogues dont j'avais été victime deux jours auparavant. En fait, je n'avais revu aucun d'entre eux depuis, mais étrangement Julian me refaisait penser à cette nuit-là. Je me souvenais des teintes violettes étranges de ses cheveux dans la lumière, lorsqu'il m'avait portée. Ma peau fut parcourue d'une vague de chaleur et je rougis légèrement. Après tout ce qu'il s'était passé, je ne devais absolument pas ressentir ce genre de chose en repensant au déroulé de cette nuit-là.

— Tu vas bien ? s'enquit Moira, en revenant rapidement près de moi.

Elle leur adressa un regard cinglant en passant son bras autour de ma taille. Des bottes piétinèrent les bris de verre derrière eux, et un léger sifflement retentit. Je présumai que les autres Cavaliers venaient d'arriver, heureusement avant que je ne me ridiculise. J'étais une succube de sang mêlé et non pas une écolière rougissante qui perdait ses moyens devant un joli garçon. Julian m'avait sauvée, car c'était son travail. Je ferais bien de ne pas mélanger les faits.

Je hochai la tête pour interrompre le bruit du sang battant dans mes oreilles.

— Je vais bien, marmonnai-je.

Sans protester, Moira resserra presque imperceptiblement son bras autour de ma taille.

Bon sang.

Je n'avais rien d'une gamine apeurée. Enfin, je venais de déclencher un incendie pendant mon sommeil. Le zèle pour me protéger dont faisait preuve tout le monde était plus qu'énervant, surtout que pratiquement tous ceux qui avaient voulu ou m'avaient fait du mal étaient morts. Cette idée était à la fois déprimante et réconfortante.

Je me dégageai d'un mouvement du bras de Moira et tirai sur les manches de mon peignoir. Hier, j'étais Ruby. J'engloutissais tout un bac de glace et buvais des litres de thé. Je me lovais sur mon canapé dans un plaid confortable en regardant Netflix comme si je ne venais pas de tuer quelqu'un.

Aujourd'hui, les cris de ma meilleure amie m'avaient réveillée, car j'avais presque détruit notre maison par les flammes.

Même si je détestais devoir l'admettre, il fallait que je trouve un moyen de réconcilier ces deux moi, car le pentagramme n'allait pas disparaître.

Les Cavaliers de l'Apocalypse non plus.

2

Si seulement j'avais le temps de comprendre et de me faire à l'idée de ce que signifiait devenir la fille de Lucifer, pratiquement du jour au lendemain. Mais les quatre Cavaliers de l'Apocalypse se trouvaient dans ma chambre à attendre une réponse, quelle qu'elle soit.

— Eh bien, j'ai eu une sorte d'accident, fut malheureusement tout ce que j'avais à leur offrir.

Aucun d'entre eux ne trouva cela drôle.

Public difficile.

— Quel genre d'accident ? demanda Rysten en avançant.

Laran souffla, mais s'écarta du seuil de la porte pour le laisser entrer.

— J'ai déclenché un incendie dans le salon. Je ne

m'en suis rendu compte que lorsque Moira et Bandit m'ont réveillée… répondis-je d'une voix traînante.

Bandit escalada l'échelle de corde que j'avais fabriquée pour lui et se jeta dans son hamac. Il laissa échapper un soupir des plus théâtral, comme si le fait que j'en reparle était trop difficile pour lui. Je lui lançai un sourire rapide, reconnaissante pour ce répit dans cette étrange matinée.

— Qu'étais-tu en train de faire lorsque l'incendie s'est déclenché ? poursuivit Rysten.

— Je dormais, répondis-je.

Je le regardai et remarquai alors qu'il ne dégageait pas son charme habituel. Je décidai de ne pas faire de commentaire même si la bête en moi souriait de toutes ses dents. Elle préférait les voir tels qu'ils étaient réellement et non pas l'humain que Rysten savait prétendre être.

Je n'arrivais pas à savoir si je partageais son avis, car j'étais préoccupée par des pensées bien plus importantes. Comme mon salon, qui n'existait plus, par ma faute. Sans parler du fait que je pensais être en train d'halluciner, car Bandit regardait en agitant les sourcils… C'était un raton laveur… avaient-ils seulement des sourcils ?

— Tu dormais, tout simplement ? demanda Rysten lentement.

Seul le léger plissement de ses yeux trahissait son inquiétude.

— Oui.

Julian et lui se regardèrent. Derrière eux, Allistair avait les yeux rivés sur ma poitrine, mais il ne me reluquait pas. Je baissai les yeux et découvris que le tissu noir s'était suffisamment entrouvert entre mes seins pour dévoiler le haut du tracé qui marquait ma peau.

Merde.

Je resserrai à la hâte mon peignoir sur moi et croisai les bras sur ma poitrine.

— Quand la marque est-elle apparue ? demanda doucement Allistair.

— Je ne sais pas vraiment. Entre le moment où je me préparais vendredi soir et mon réveil, hier matin.

Je déglutis et détournai les yeux. Je ne savais pas pourquoi ça me perturbait autant. Peut-être était-ce parce que je ne m'étais toujours pas faite à l'idée. Peut-être était-ce parce que cette marque trônait de manière provocante entre mes seins. Quoi qu'il en soit, je n'avais pas envie de parler de cette marque ni de comment elle était apparue. Je refusais totalement qu'on me demande de la voir.

— Et moins de trente-six heures plus tard, tu déclenches un incendie dans ton sommeil.

Ce n'était pas une question, alors je choisis de ne pas y répondre.

— À quoi rêvais-tu ?

Je blêmis en me souvenant des instants avant que Moira ne me réveille. Un incendie consumait le monde de ses flammes. Un monde que je dirigeais. Enfin... la bête et moi.

Je n'avais jamais fait de rêves comme celui-ci, aussi n'étais-je pas encore prête à en parler. Vu qu'ils ne précipitaient pas mon retour aux Enfers, je ne voulais pas leur donner de raison de le faire. Bien qu'étant la fille de Lucifer, je n'étais pas prête.

Pas encore.

— Hmmm... laissai-je échapper, le faisant traîner comme si j'étais en pleine réflexion.

Je me grattai le menton en inclinant la tête.

— Je ne me rappelle pas exactement. Moira m'a réveillée en hurlant à pleins poumons et j'ai réalisé que la maison était en feu, répondis-je en haussant les épaules et en me mordant la lèvre.

Si Allistair croyait que je mentais, il n'en laissait rien paraître, mais ses yeux s'assombrirent.

— Qui a éteint l'incendie ? demanda-t-il lentement.

La question n'attendait qu'une réponse simple

qui se passait d'explications, pourtant, la façon dont il l'avait posée me fit hésiter. Était-ce un test ?

— C'est moi, répondis-je.

— Pourquoi sembles-tu hésitante lorsque tu le dis ? répliqua-t-il doucement.

Il avait une façon étrange de me questionner. Ça aurait semblé vexant, s'il n'avait pas usé de cette voix douce qui me rendait mal à l'aise.

— Pourquoi m'interroges-tu comme si j'avais fait quelque chose de mal ? répliquai-je sèchement en dissimulant mes mains sous mes aisselles pour dissimuler mes tremblements.

C'était vrai que j'avais bien fait quelque chose de mal. J'avais mis le feu à mon salon, cependant ce n'était pas nécessaire de me donner l'impression d'être une criminelle.

— Je ne voulais pas te blesser, Ruby. Tu progresses plus vite que nous ne le pensions et j'essaie de comprendre le niveau de contrôle que tu as atteint et... à quel niveau se situe... l'autre...

L'autre.

Ma bête.

J'imaginais que Julian savait ce qui se tapissait dans mon regard cette nuit-là, et il devait en avoir parlé aux autres.

Ceci dit, c'était à peu près au même moment

qu'était apparu le pentagramme, et la coïncidence leur paraissait trop étrange pour qu'ils ne l'évoquent pas. Peut-être que la bête, à l'instar de la marque sur ma poitrine, était un signe de Lucifer. Au vu de ce que j'en savais avant cette nuit-là, il fallait que je réfléchisse d'autant plus. Quelqu'un avait enfermé la bête et ne souhaitait pas qu'elle soit découverte.

Même pas par moi.

— Comment sais-tu qu'elle existe ? demandai-je, méfiante.

Julian profita de cet instant pour avancer furtivement. Si je ne l'avais pas mieux connu, j'en aurais déduit qu'il avait peur de moi. Mais il ne dégageait aucune appréhension, car je l'aurais senti se propager en moi. Au lieu de cela, il irradiait une douce sérénité glaciale, presque apaisante.

— C'est à cause d'elle que nous avons été créés. C'est grâce à elle que tu peux contrôler les flammes. En ce moment même, elle est probablement agitée et s'énerve à cause des questions que nous posons. Nous avons seulement besoin de savoir le degré de contrôle que tu as et l'emprise qu'elle a sur toi. Tu es encore novice et nous n'attendons pas de toi que tu sois parfaite, mais tu risques d'effectuer ta transition très prochainement donc nous ne pouvons pas te perdre de vue. Tu comprends ?

Il me dominait de toute sa hauteur, sombre, mais pas aussi imposant qu'il l'avait été. Au fond de moi, la bête eut un sourire narquois, car elle en était la raison. Elle aimait le pouvoir qu'elle exerçait sur eux. Elle adorait ça. Presque autant que le parfum de sa peau et le...

Je détachai mon esprit de ses pensées, réalisant au passage qu'elle se trouvait très proche de la surface. Elle n'était en rien malveillante et n'essayait pas d'asseoir son emprise, seulement elle les aimait bien et voulait être plus proche d'eux. Elle se fichait de savoir si nous étions là de son fait ou du mien.

Je l'ignorai complètement et me focalisais sur ce qu'ils me demandaient.

— J'ai le contrôle, pourtant ce matin je n'arrivais pas à éteindre les flammes toute seule. J'ai paniqué lorsque Moira m'a réveillée parce que je pensais l'avoir blessée. La bête les a éteintes dès que nous avons compris ce qu'il se passait.

Je détournai le regard, espérant que cela suffirait à l'empêcher de me pousser à m'avancer vers eux. Ainsi que Julian l'avait deviné, elle était agitée et s'impatientait. Seulement, ce n'était pas pour les mêmes raisons.

— Allistair a raison. Tu progresses plus rapidement que nous ne l'avions anticipé, ajouta Julian en tournant les yeux vers Rysten.

Il acquiesça d'un signe de tête.

— Nous devons revoir ton mode de vie jusqu'à ce que tu rentres en Enfer.

Je restai bouche bée.

Je ne m'attendais vraiment pas à ça.

Sous le choc, je les dévisageai l'un après l'autre, interloquée, mais je n'eus même pas à parler, car Moira explosa.

— Revoir notre mode de vie ? Vous vous prenez pour qui ? rugit-elle en s'avançant brusquement devant eux. Que le Diable la protège.

— Pour ses protecteurs. Contrairement à toi, nous avons été créés pour l'aider à propager sa puissance en gardant le contrôle. Il faut que l'un d'entre nous soit près d'elle au cas où elle aurait un problème. Surtout lorsqu'elle dort, si c'est le moment où elle est la plus vulnérable, grommela Laran.

Il était plus grand que Julian, et presque aussi menaçant lorsqu'il regardait Moira de toute sa hauteur. À l'inverse de la plupart de ceux qui affrontaient les Cavaliers de l'Apocalypse, ma meilleure amie ne se laissait pas impressionner comme une petite fleur fragile. Nullement effrayée, elle soutint son regard, assumant totalement sa place dans ma vie.

— Est-ce vraiment pour l'aider ? le défia Moira avec un sourire féroce sur les lèvres.

Rysten gloussa dans sa barbe tandis que Julian jeta un regard à Laran pour le mettre en garde.

— Tu n'arranges pas les choses, Guerre, lui lança sèchement Julian.

— La banshee ne sait pas rester à sa place, grogna-t-il en retour.

— À *ma* place ? Et si l'on parlait de *ta* place…

— Ma place est près d'elle, l'interrompit-il.

— As-tu seulement idée du nombre d'hommes, démons ou humains, qui m'ont dit la même chose au fil des ans ? ricana Moira.

Bon, d'accord. Il était temps de désamorcer la situation avant que Laran n'essaie de la réduire au silence ou qu'elle décide de lui exploser les tympans.

— Les gars, vous êtes complètement ridicules tous les deux. Plus vite vous vous tairez, plus vite je pourrai prendre une douche, alors la ferme !

Moira serra les lèvres et s'écarta. Laran ne prononça pas une parole, mais le tic de ses mâchoires en disait long. Il se taisait parce que je l'avais demandé, mais dès que Moira exploserait à nouveau, il allait y avoir une guerre dans ma chambre.

— Au début, je croyais que tu avais plus de temps devant toi avant ta transition. À présent, je n'en suis plus sûr. Je serais plus tranquille si tu emménageais avec nous en attendant... avec la banshee, si tu insistes, ajouta hâtivement Julian tandis que l'expression de Moira s'assombrissait.

Emménager avec eux ? Se rendait-il seulement compte du ridicule de sa proposition ?

— Tu ne parles pas sérieusement, dis-je en tentant de balayer sa proposition d'un revers de la main.

Je me serais bien moquée de lui, comme le jour où il m'avait annoncé que j'étais la fille du maître des démons, mais ça ne m'avait pas réussi la première fois. Si cela était possible, alors j'imagine que tout était possible, même le fait que Julian et les Cavaliers aient une idée aussi saugrenue que de vouloir que j'emménage avec eux.

— Je suis tout ce qu'il y a de plus sérieux, répondit durement Julian.

L'exaspération dans ses yeux m'indiqua qu'il n'aimait pas ma réaction, mais il ne protesta pas. Du moins, pas pour le moment. Rysten nous regarda à tour de rôle, Julian et moi. Peut-être sentait-il que la patience de son frère commençait à s'épuiser maintenant que j'avais décliné son offre. Le diable m'en était témoin, moi aussi je le ressentais.

— Écoute, chérie. Tu n'as plus de salon. Il n'y a plus d'isolation au plancher et nous sommes en novembre, dans l'Orégon. Pour le moment, nous n'allons pas te forcer à faire quoi que ce soit que tu ne veuilles pas faire, cependant je t'en prie, comprends que tu ne fais que retarder l'inévitable, intervint Rysten d'une voix douce.

Je m'adoucis en regardant ses yeux couleur jade. Malgré toute son énergie qui faisait frémir la pièce et bien qu'il ne se dissimule pas derrière son charme habituel, il n'en restait pas moins Rysten. Le même Rysten qui était venu sur terre où il avait appris à devenir plus humain pour moi. Celui qui avait tenté de me donner le choix alors que les autres Cavaliers ne pensaient qu'avec leur sexe et n'irradiaient rien d'autre que de l'arrogance.

— Tu te rends compte comme tout cela a l'air dingue, pas vrai ? lui demandai-je doucement.

Ses lèvres dessinèrent un petit sourire enfantin, presque humain, qui m'évoqua le sourire qu'il aurait pu avoir étant gamin. Son vrai sourire était bien plus animal, moins raffiné. Mais ça n'en restait pas moins lui.

— J'en suis conscient, pourtant tu dois comprendre que nous sommes des démons, Ruby. Nous ne réfléchissons pas comme les humains. Si tu avais été n'importe qui d'autre, nous t'aurions emmenée sans te demander ton avis. Et nous serions déjà probablement à mi-chemin de l'Enfer. Tu as été élevée comme un humain, alors nous faisons un effort. Pour toi.

Rysten était le seul des quatre à avoir apprivoisé les belles formules qui faisaient fondre les filles, mais mon don pour décrypter les émotions des gens qui m'entouraient me disait qu'il était sincère dans chacune de ses paroles.

Je me mordis la lèvre, laissant la douleur diluer la chaleur qui commençait à m'envahir. La bête leva les yeux pour dévisager Rysten d'un air pensif. Les mots lui importaient peu. Elle n'était pas du genre à se laisser impressionner par les émotions. Peu de choses avaient d'importance pour elle sinon elle-même et moi, pourtant, à ce moment précis, Rysten éveilla son attention tandis que dans son regard il y avait quelque chose qui ressemblait à du désir. À de la possession.

— *Il est à moi*, insista-t-elle.

Je resserrai les lèvres tout en la repoussant au fond de moi. Hors de question d'aller sur ce terrain-là maintenant. Elle me siffla sa désapprobation, mais heureusement ne déclencha pas son pouvoir.

—J'apprécie le fait que vous me laissiez le choix, cependant j'ai besoin de temps pour y réfléchir, répondis-je.

La bête fit carrément la tête en entendant ma réponse évasive. Elle n'avait qu'à se faire une raison. Aussi charmant que soit Rysten, emménager chez eux, même temporairement, était une décision trop sérieuse pour que j'y réfléchisse avant un café.

Je les chassai d'un geste de la main avant que l'un d'entre eux n'essaie de me faire changer d'avis ou ne donne une bonne raison à la bête de refaire surface. Déjà qu'elle faisait les cent pas avec impatience, je savais que si elle sortait, ils refuseraient de partir sans moi.

Consciente de cela, la saleté de bête possessive était aux anges, car elle savait que même si je n'y allais pas aujourd'hui, au bout du compte elle aurait ce qu'elle souhaitait.

J'espérais être en mesure de lui tenir tête après le café, pourtant il y avait certaines choses que même la caféine ne pouvait changer. Le lien qui m'unissait aux Cavaliers de l'Apocalypse était l'une d'entre elles.

3

Des particules noires brillaient telle de la poussière d'étoiles moulue et tourbillonnaient dans le siphon de la salle de bain. Il ne restait que les cendres de mon salon et de tout ce qui s'y trouvait. Je ne reconnaissais rien, impossible de distinguer mon canapé chéri, le premier meuble que j'avais acheté, de la couverture élimée que Moira m'avait tissée quand nous avions quinze ans. Tout avait disparu.

Ce n'était qu'une pièce et quelques affaires, cependant c'était une grande partie de tout ce que je n'avais jamais possédé. Comme la maison que nous continuions à payer, car même si nous nous faisions des revenus confortables grâce au salon Blue Ruby Ink..., ils n'étaient pas suffisants pour financer ce type de réparations en plus du reste. Nous ne pouvions pas vraiment déposer un dossier de sinistre à notre assurance sous motif que j'avais déclenché un incendie surnaturel pendant mon sommeil. Je n'avais pas envie que des enquêteurs viennent fourrer leur nez ici. Non. Nous allions devoir nous débrouiller toutes seules.

Le temps de finir ma douche, l'inquiétude me taraudait, pourtant ça ne servait à rien. À quoi cela me servirait-il de m'inquiéter? À rien du tout. Je me débarrassai du fardeau qui tentait de me plomber en essorant mes cheveux avant de me sécher. La serviette de bain suffit à peine à atténuer la morsure du froid lorsque j'ouvris la porte de la salle de bain. Il faisait beaucoup plus froid ici que je ne m'en rappelais, mais pas suffisamment pour que j'y pense à deux fois. Je m'habillai à la hâte, enfilant un caleçon long sous mon jeans ainsi que deux tee-shirts épais sous mon sweat-shirt.

Du haut de son hamac, Bandit me regardait avec curiosité. J'aurais pu jurer qu'il venait de hausser un sourcil devant mon choix de vêtements.

— Quoi? Tu t'attends à ce que je me gèle les fesses? Tout le monde n'a pas de fourrure pour se garder au chaud, tu sais, lui dis-je les mains sur les hanches.

Il laissa échapper un petit gazouillis et sauta sur le lit. Je traversai la chambre en quelques lentes enjambées, mes pieds n'avaient plus aucune sensibilité au contact des fibres glacées de la moquette. Je pris Bandit dans mes bras et le serrai contre ma poitrine. Il n'était pas vraiment d'humeur à être câliné comme un bébé à ce moment précis et décida de m'escalader rapidement, s'enroulant autour de mes épaules et de mon cou comme une écharpe rembourrée.

— Hum, hum. Hors de question, résonna la voix de Moira près de la porte.

Je me tournai vers elle qui, les bras croisés, s'adossa au chambranle.

— Le panda glauque ne vient pas avec nous.

Je lui lançai un regard contrarié en enfonçant mes doigts dans sa fourrure.

— Pourquoi pas ? Je l'amène au travail tous les jours, répliquai-je sur la défensive.

— Parce que nous n'allons pas au Blue Ruby Ink aujourd'hui. Qu'ils aillent tous se faire voir, nous allons au Voodoo Doughnut. Il a beau t'aimer énormément, mais la dernière fois que j'ai vérifié ils n'acceptaient pas les nuisibles.

Elle fit mine de retirer une peluche invisible sur sa veste. Le tissu noir et bouffant était si fin que je ne pensais pas qu'un seul brin de cendre de notre salon puisse s'y déposer.

— Que veux-tu dire nous n'allons pas...

— J'ai pris la liberté de reprogrammer tes rendez-vous de dimanche, dit-elle.

Son visage était impassible, aussi neutre que possible. Mais je n'en croyais rien, juste sous la surface la culpabilité et l'inquiétude guettaient, rongeant son instinct protecteur, si bien que je ravalai mes protestations sur le fait qu'elle avait reprogrammé mes rendez-vous sans me consulter, et me contentai de dire :

— D'accord.

Elle cligna des yeux et effaça toute surprise de son visage en un temps record tandis que je saisissais mes bottes et mes grosses chaussettes en laine. Bandit n'était pas content de ne pas venir avec nous, mais finalement un petit déjeuner constitué de Tilapia réchauffé suffit à la calmer.

Le trajet jusqu'au Voodoo Doughnut fut bref, rendu plus rapide encore grâce aux *dons* de conductrice de Moira. Car il fallait quelqu'un d'unique pour réussir à conduire une Camry sur deux roues sans ciller. Parfois, je me demandais si elle remarquait seulement l'existence de panneaux-stops et autres feux de signalisation. Ou peut-être qu'elle les voyait et pensait simplement que ce n'étaient que quelques suggestions et non de véritables règles. La connaissant, c'était tout à fait possible.

Lorsque nous nous garèrent, le parking était quasiment vide. Il n'y avait que deux voitures et une fourgonnette que l'on déchargeait. Je fus plus heureuse que je ne m'y attendais de voir les briques couleur Pepto-Bismol[1] du magasin de donuts le plus connu de Portland. Après n'avoir rien mangé d'autre que de la glace pendant vingt-quatre heures, manger solide serait le bienvenu, même si cela supposait plus de sucre. Mon estomac gargouilla pour manifester son approbation.

L'homme en noir sur l'enseigne au-dessus de la porte me fixait d'en haut tandis que nous approchions du bâtiment. Ses yeux semblaient étrangement vivants et non les gros trous noirs qu'ils auraient dû être. Je fronçai les sourcils, mais ne fis aucun commentaire alors que nous rentrions. Le carrelage noir et blanc brillait et nous souhaitait la bienvenue. Je salivai en sentant l'odeur des donuts frais.

La fille au comptoir nous sourit en nous faisant un petit geste de la main. Ses cheveux blancs aux racines brillaient pour s'assombrir en un mauve fluo sur les pointes de sa queue de cheval. Elle portait un tee-shirt moulant au nom de l'établissement qui s'arrêtait au-dessus de son jean taille basse, exposant son ventre et les contours d'un tatouage blanc enroulé autour de sa hanche.

— Salut, que puis-je pour vous, mesdames ? demanda-t-elle.

Je remarquai aussitôt comme ses dents étaient pointues. Elle prit une inspiration en nous regardant à tour de rôle, puis son sourire s'élargit.

— Veuillez excuser mon erreur, corrigea-t-elle en ronronnant.

Je baissai les yeux pour regarder ses ongles qui tapotaient le comptoir en verre, méchamment acérés et peints d'un vernis brillant d'un mauve royal.

— Il est rare de trouver deux démones dans le coin. Qui plus est non marquées.

Elle nous reluqua d'un regard approbateur.

— Ce n'est pas un territoire réservé, n'est-ce pas ? demanda sèchement Moira.

Elle la fixa avec une intensité qui aurait asservi n'importe quel démon un peu plus faible. Mais l'inconnue ne baissa pas les yeux ce qui donna encore plus de poids à la question de Moira. Lorsque des démons non marqués pénétraient sur un autre territoire, surtout des démons de sang mêlé comme

Moira… les scénarios variaient de mal en pis. Seule cette pensée stoppa la bête avant qu'elle ne bondisse.

Je me pressai de garder le contrôle, la coiffant tout juste au poteau tandis que la démone me regardait de ses yeux couleur mercure. Ils étaient de la plus belle nuance argentée que j'avais jamais vue, et me laissaient perplexe sur le genre de démon qu'elle pouvait bien être.

La bête en moi s'agitait fébrilement et la démone non identifiée me souriait.

— Tranquille. Cette zone n'est pas encore revendiquée. Mon maître m'a envoyée ici à cause de certains… litiges qui ont eu lieu dans le coin, expliqua-t-elle avec un large sourire.

Un sourire presque malicieux, bien que plus sombre, étrangement.

— Des litiges ? demandai-je, tendue.

Je ne savais pas qu'il y avait des clans si loin au nord. Les démons détestaient le froid. Le lutin du Black Brothers était une exception. Du moins, je présumais qu'il l'était. Moira et moi ne nous étions pas vraiment tenues au fait du monde des démons sur Terre. Nous avions déjà suffisamment de difficultés à nous habituer aux humains, alors nous avions laissé de côté les démons et leur us et coutumes dès nos dix-sept ans. Nous avions essayé de tracer notre propre chemin, pendant un moment. Pourtant, il semblait que le monde des démons n'était pas prêt à abandonner. Pas à présent que je portais une saleté de pentagramme marqué sur ma poitrine.

On ne pouvait pas se cacher pour l'éternité, mais c'était justement la raison pour laquelle je n'étais pas pressée de partir.

La démone non identifiée fit claquer sa langue qu'elle passa sur ses dents acérées. Je guettai la moindre goutte de sang, mais elle ne se coupa pas.

— Il y a quelques jours de cela, des démons morts sont apparus devant une discothèque. Du moins, leurs cendres. Tu n'aurais pas d'infos sur cet incident par hasard ? demanda-t-elle lentement.

Je détachai mes yeux de sa langue délicieuse-ment menaçante. J'avais l'habitude d'attirer tous les hommes, pourtant je me sentais étrangement gênée lorsque des femmes me draguaient. Elles n'étaient jamais aussi lourdes que les hommes, mais telle-ment plus tenaces. Ça déclenchait en moi une certaine appréhension mêlée de beaucoup de prudence envers les démons. Car après tout, il suffi-sait d'une marque pour être choisie.

— Nan, répondis-je d'une voix traînante. Je n'ai rien entendu à ce sujet.

Mon rythme cardiaque ralentit tandis que je tentais de mettre de la persuasion dans ma voix. Toute convaincante que je pouvais être, elle allait forcément se douter que quelque chose se tramait si elle décelait la moindre hésitation. Pour le moment, il valait mieux que je mente effrontément.

La démone sembla y réfléchir, puis me regarda d'un air satisfait feignant de me croire. Au fond de ses yeux brillait l'étincelle du jeu. Et quelque chose de plus sombre.

— C'est bon à savoir, dit-elle doucement en claquant des mains.

Le bruit me fit sursauter et je m'écartai d'un bond du comptoir. Elle éclata d'un rire rauque et se dirigea vers les donuts qui tournaient dans une vitrine en verre sur ma gauche. Moira posa sa main sur mon épaule et fit semblant d'essayer de regarder derrière moi. Elle enfonça ses doigts dans ma peau pour injecter sa force en moi. Son calme. Je me détendis à son contact pendant qu'elle choisissait son donut et la démone non identifiée se tourna vers moi. Ses yeux ne laissaient plus rien paraître, l'étincelle noire que j'y avais décelée avait disparu.

— Et pour toi ? demanda-t-elle.

Je n'eus pas à réfléchir à ma commande, car je prenais toujours la même chose.

— Une pénétration aux trois chocolats, répondis-je.

Elle eut un petit sourire en coin en attrapant le donut tout chocolat. Je me léchai les babines lorsqu'une voix me pétrifia.

— Excellent choix, petite succube.

La puissance d'Allistair flotta dans l'air. Sa force, comme un brouillard, s'insérait dans la moindre de mes cellules à mesure qu'il approchait de moi. Elle envahissait mon esprit de pensées inavouables, étouffait mon essence sans ma permission, aiguisant le désir qui déjà asservissait mon corps nuit et jour. Je pris une rapide inspiration et tournai légèrement la tête vers lui. Ses yeux étaient noirs, mais ce n'était pas du désir.

Qu'est-ce que...

Je suivis son regard qui glissa vers la démone qui tapait l'addition de Moira, derrière le comptoir. Elle ne semblait pas l'avoir encore remarqué, pourtant il était impossible qu'elle ne l'ait pas entendu. Le petit sourire sinistre qu'elle arbora me fit bouillir de mépris.

De mépris ?

Non, ça ne pouvait pas être vrai. Il n'y avait

aucune raison valable… sensée… pour que je veuille l'égorger… à part peut-être, le regard qu'elle avait lancé à Allistair lorsque Moira s'était éloignée du comptoir. Ses yeux s'éclairèrent d'une lueur insolite lorsqu'elle lui fit signe.

Incapable de me contrôler, je laissai échapper un grognement. Léger. Inaudible pour les humains. Pourtant, il suintait une colère qui m'était totalement étrangère. La bête luttait contre mon emprise. Elle voulait déchirer la gorge de la démone pour avoir osé regarder quelqu'un qui *lui appartenait*.

— Ruby ? m'appela Moira.

Sa voix semblait lointaine, même si elle se trouvait près de moi. Je ne pouvais lui répondre tant que la bête et moi nous affrontions dans un bras de fer silencieux. Je ne pouvais même pas la regarder, car la bête exigeait que nous fixions l'autre démone au cas où elle tenterait quoi que ce soit.

Lorsque la démone aux yeux couleur argent détacha son regard de celui d'Allistair et se tourna vers moi, je laissai échapper un autre grognement.

— Ruby, m'appela le plus sombre des désirs.

La passion à l'état brut. Le mâle dans toute sa voix. Ni la bête ni moi ne pouvions y résister. Nous nous retournâmes de concert, attirées par cette voix qui osait nous narguer. Qui osait nous attirer.

— Ruby, regarde-moi !

Un seul doigt excitant posé sous mon menton dirigea mon visage vers le haut, et mes yeux sombrèrent dans des profondeurs d'une couleur ambre si vive qu'on aurait dit de l'or en fusion. La bête ronronna presque lorsque je me laissai aller sous ce contact. Allistair entrouvrit les lèvres, soufflant une onde de chaleur sur mon visage qui caressa ma peau.

L'espace d'un instant, je fus transportée dans un état de semi-réalité où seuls Allistair et moi existions. Puis la porte derrière nous s'ouvrit et un groupe d'adolescentes entrèrent, totalement inconscientes de ce que nous étions et de la situation délicate dans laquelle elles auraient pu se retrouver si sa présence n'avait pas suffisamment calmé la bête pour qu'elle décide de battre en retraite.

Je me mordis la lèvre et me dirigeai vers la porte, sans jamais regarder par-dessus mon épaule la démone aux cheveux mauve que nous quittions.

— Que s'est-il passé là-bas, Ruby ? me demanda Moira en s'approchant de moi.

Pendant que nous marchions, je fourrai mes mains sous mes aisselles pour me protéger de la morsure du froid. Ça m'avait presque coupé l'appétit tandis que ma meilleure amie prit une énorme bouchée de son donut. De la crème bavaroise coula du bien nommé Bite et boules, le long de son menton. Ce donut en forme de phallus était de loi son préféré et également probablement la raison expliquant les gloussements derrière nous.

— Elle a commencé à perdre le contrôle devant la bête, répondit Allistair d'une voix presque joyeuse.

— Pourquoi cela semble-t-il te divertir autant ? répliquai-je d'un ton cassant.

Je ne savais même pas comment il nous avait retrouvées ni pourquoi il était venu, cependant, comme les Cavaliers de l'Apocalypse apparaissaient toujours au moment le plus mal choisi, je ne posai même pas la question.

— Ça m'amuse, petite succube, me souffla-t-il à l'oreille, parce qu'elle est suffisamment possessive à mon égard pour se battre avec toi. Ce qui me fait m'interroger sur les petites pensées salaces que tu caches dans ta caboche, et sur tout ce que je vais pouvoir faire pour les découvrir.

Je frissonnai et avançai d'un pas rapide, mettant cela sur le compte du froid. Il avait de la chance que Moira ne l'avait pas entendu, ou il y aurait eu du grabuge sur le parking.

— Continue à te faire des films, incube. Tu

oublies que Moira était là, elle aussi, lui lançai-je par-dessus mon épaule.

Son sourire disparut quand il se mit à penser à ce que je venais de dire, sans réfléchir à ce que je n'avais pas dit. Il nous regarda à tour de rôle ma meilleure amie et moi, tandis que nous grimpions dans la voiture.

Moira me balança la boîte rose pendant qu'elle manœuvrait la voiture d'une main et engouffrait son donut de l'autre. La moitié du sexe et un testicule avaient déjà disparu et cela ne faisait qu'une minute que nous avions quitté le magasin. Je secouai la tête en la regardant et contins difficilement un sourire en voyant la grimace sur les lèvres d'Allistair qui nous regardaient sortir du parking. Je détournai les yeux pour fixer l'enseigne au-dessus du Voodoo Doughnut où se trouvait l'homme en noir, aux yeux sombres et luisants. Moira prit un virage serré pour passer l'angle de la rue puis appuya sur l'accélérateur jusqu'à la route. Du coin de l'œil, aussi loin que je pouvais voir, j'aurai juré que l'homme en noir venait de faire un clin d'œil.

** Allistair **

LA BÊTE ÉTAIT en furie en elle.

Elle pensait que je ne l'avais pas vue. La façon dont elle avait observé à travers ses yeux, avec un air de défi. Elle était le prédateur ultime et ça la rendait ultra-possessive à l'égard de ceux qu'elle estimait lui appartenir. Même si la Banshee pouvait être concernée, je n'étais pas idiot. Elle me désirait et la bête en elle pensait déjà que je lui appartenais. Ce n'était qu'une question de temps pour qu'elle se laisse convaincre.

Ma future reine, mûre à point.

Mais je brûlais les étapes.

Il fallait que je fasse tomber ces murailles pour qu'elle se rende compte que Rysten n'était pas le seul à avoir un cœur. Même si le mien n'en était qu'un piètre exemple. J'étais un incube, et le seul de nous quatre à pouvoir comprendre ce qu'elle endurait. Du moins au niveau frustration sexuelle. Elle débordait de puissance, à tel point que son corps cherchait des exutoires pour la drainer... et la situation empirait d'autant plus qu'elle se mettait la ceinture.

Elle n'allait certainement pas laisser l'un d'entre nous régler cela, pas dans un avenir proche.

Avant tout, je devais trouver un moyen de

réparer les dégâts que les humains avaient faits dans son esprit.

Ensuite, je la dévorerais et lui montrerais ce qu'une personne qui en vaut vraiment la peine a à offrir.

---

1. Le Pepto-Bismol (bismuth sous-salicylate) est un médicament utilisé pour aider à soulager les brûlures d'estomac, l'indigestion, nausée et la diarrhée.

4

Nous passâmes l'après-midi à nettoyer les cendres de tous les coins et recoins de notre maison. Enfin, Moira s'en chargea. Moi j'étais préposée à la pelle et à la balayette et j'avais la responsabilité de jeter les cendres dans la poubelle en métal qui se trouvait derrière chez nous. Je fis environ une trentaine d'aller-retour dans l'après-midi et ignorai les ombres furtives tapies autour de nous. Les Cavaliers de l'Apocalypse étaient là, hors de ma vue, mais je pouvais les *ressentir*. Leur essence même s'adressait à moi ; et pas seulement à moi. Elle s'adressait également à la chose qui s'agitait impatiemment au fond de moi. Ma bête ne comprenait pas, elle ne parvenait pas à concevoir le fait que je m'embête à nettoyer la maison quand nous pourrions être avec eux. Alors que nous *devrions* être avec eux.

Elle ne parvenait pas à appréhender mes émotions humaines alors que nous n'étions pas humains. Pas le moins du monde. Le fait que j'aie été élevée par des humains ne lui importait guère. Elle considérait mon désir d'indépendance et d'espace comme pesant. Inopportun. Irrationnel, même. Que j'aie besoin de temps pour m'adapter lui semblait louable, mais comme je savais exactement pour quelle raison elle me pressait et ce qu'elle désirait, je n'étais pas très encline à l'écouter. Pas cette entité sociopathe qui n'éprouvait que peu d'émotions hormis le désir et la colère.

Elle me provoquait, me poussait, m'exhortait. Elle faisait tout ce qui était en son pouvoir pour tenter de me forcer la main, tandis que le bleu du ciel fondait en un noir sombre. Je ne lui cédais rien, car si je lui donnais une main, elle prendrait le bras.

Je ne trouvai pas le sommeil cette nuit-là. J'étais tellement tendue que je finis par fixer le plafond la plus grande partie de cette matinée de novembre. Bandit était lové tout contre moi et je ressentais la présence de Moira dans la chambre à côté de la mienne. Je ne parvins pas à me calmer. Tourmentée, je ne m'assoupis que par intermittence tandis que les heures s'égrenaient très lentement. Je dus cligner des yeux un millier de fois, car, au bout du compte, la nuit était passée, et le matin était là.

Une timide lueur brilla par les ouvertures des rideaux, illuminant la pièce de la douce clarté grise du ciel couvert. Bien qu'apparemment sereine, la bête continuait de s'agiter en moi, toujours pas au repos, même après m'être forcée de rester au lit dans l'espoir de trouver la paix. Oh non, elle n'était pas le moins du monde découragée ou fatiguée. Au contraire, elle était plus irritable. Sa frustration se répandait en moi et le sang dans mes veines bouillonnait de vie. À ce moment précis, dans ma torpeur insomniaque, en manque de caféine, je réalisai que je n'envisageais pas de rester un jour de plus, assise ici ou à faire du nettoyage.

Il fallait que je sorte. Que je fasse quelque chose. Autrement cette satanée bête allait me rendre folle, ou pire encore, tout droit dans le lit des Cavaliers de l'Apocalypse.

Je me levai d'un bond et me mis à fouiller dans ma penderie tout en jurant contre le froid ambiant. Tellement glacée que, lorsque je me penchai sur mon tas de linge propre, ma respiration gelait, libérant des brumes de souffles blancs devant moi. Je pinçai les lèvres en enfilant, par-dessus le caleçon long que je portais au lit, un jean dont les déchirures laissaient entrevoir le tissu gris en dessous, mais qui au moins me protégeait un peu du froid. Pour finir, je passai un tee-shirt et deux sweat-shirts. J'allais me les geler dehors, pourtant je voulais des manches courtes si j'allais au Blue Ruby aujourd'hui. Je n'avais jamais aimé tatouer en manches longues, ça limitait mes mouvements. C'était trop serré, surtout lorsque je devais adopter des positions peu commodes pour travailler.

Alors que je finissais de nouer mes bottes, Moira apparut à la porte de ma chambre, un mug de café fumant à la main.

— Tu vas quelque part ? demanda-t-elle.

On percevait la curiosité dans sa voix, pas de l'inquisition, cependant sa désapprobation ressortait. Elle croisa ses bras chétifs et verts sur sa poitrine et inclina la tête.

— Ouaip. J'ai quatre clients aujourd'hui, dont deux que j'ai dû reprogrammer la semaine dernière. Je ne parle même pas de ceux qui ont reporté hier, répondis-je aussi sèchement qu'elle.

Bandit sauta de son hamac jusqu'à moi, enroulant ses pattes autour de mon cou. Il laissa échapper le plus pathétique des gémissements, mais j'étais persuadée que ce n'était que de l'esbroufe.

— Tu es sûre ? Même le panda glauque s'inquiète pour toi. Ce serait peut-être mieux si tu restais à la maison un jour de plus, dit-elle tandis que Bandit laissait échapper un autre cri strident dans mon oreille. Ses petites pattes m'agrippèrent alors que ses griffes se plantaient dans ma nuque.

— Je suis déjà restée à la maison deux jours, sans compter que j'ai même sacrifié mon samedi chez Martha, une tradition à laquelle je n'avais pas dérogé depuis dix ans. Je ne reste pas enfermée une minute de plus, alors Bandit et toi faites-vous à l'idée. Nous avons des factures à payer et un salon de tatouage à gérer, répondis-je d'un ton déterminé.

Le raton laveur pendu à mon cou se mit littéralement à trembler et brailler comme un satané gosse.

Bon sang.

Nous fûmes interrompus par quelqu'un qui frappait, ou plutôt tambourinait, à la porte. Bandit ferma son clapet et grimpa sur mon épaule, passant d'une attitude de pleurnichard à celle de garde du corps.

— Incroyable, marmonnai-je en secouant la tête.

Moira me suivit tandis que j'avançais vers la porte d'entrée. Je posai ma main sur la poignée en regardant à travers le judas. Jamais de ma vie je n'avais pris la peine de vérifier avant d'ouvrir.

Jusqu'à aujourd'hui. J'imagine que le fait d'avoir été droguée, agressée, puis presque kidnappée pouvait provoquer ce genre de réaction.

— Ruby, tu es là, chérie. Pourquoi ne m'ouvres-tu pas ? cria Rysten.

Il fixa le trou dans la porte de ses yeux vert foncé. Dans sa veste à la mode, avec ses boucles dorées comme le sable et son tee-shirt Miami Beach, sous son charme il dissimulait bien ce qui était tapi en lui. Tout extraordinaires qu'ils soient, ses sombres pouvoirs n'étaient pas la raison pour laquelle je verrouillais ma porte.

J'entrebâillai la porte en silence.

— Te voilà enfin. Je m'inquiétais. Allistair nous a dit que tu avais eu quelques difficultés à maîtriser la bête, hier. Je me suis dit que j'allais venir passer la journée avec toi, expliqua-t-il gentiment.

Sa main se fit plus insistante que ses paroles, et il poussa la porte pour l'ouvrir un peu plus, suffisamment pour apercevoir Bandit calé sur mon épaule et Moira debout près de moi, les bras croisés sur sa poitrine.

— Elle, là, dit-il en pointant Moira du doigt la mâchoire serrée, elle m'a viré la nuit dernière quand j'ai voulu prendre de tes nouvelles.

— Moi ? s'exclama Moira innocemment en

regardant à droite et à gauche avant de mettre sa main sur sa poitrine.

Elle ouvrit la bouche pour feindre la stupéfaction. Rysten lui lança un coup d'œil et elle tomba le masque en gloussant même si elle n'avait fait que ce que je lui avais demandé. Mais comment aurais-je pu gâcher son plaisir ?

— Eh bien, comme tu peux le constater, on s'occupe bien de moi, et en fait, je vais être en retard pour le travail...

Je m'interrompis en apercevant les trois autres Cavaliers apparaître du coin de la maison où ils devaient se cacher.

— Je peux te conduire au travail, dit-il.

Sa voix était faussement joyeuse. Pleine d'espoir.

— Nous pourrions tous le faire, intervint Laran.

Il posa sa main sur l'épaule de Rysten d'une manière qui aurait pu sembler encourageante, voire fraternelle s'il ne l'avait pas serrée comme un damné. Eh oui, la discrétion n'était pas le point fort de Guerre.

— Il n'y a pas assez de place, répondis-je.

Laran eut l'audace de jeter un regard vers ma Coccinelle et d'y réfléchir, mais il ne cria pas, même s'il pinça les lèvres.

— Nous pourrions...

Je levai la main pour l'interrompre. À ma grande surprise, et à mon plus grand plaisir, il se tut. La bête se mit à ronronner.

— Je sais que ça part d'une bonne intention, les gars, mais j'ai besoin que vous me laissiez du temps pour réfléchir. D'accord ? demandai-je.

— Un peu d'air ne me ferait pas de mal non plus, marmonna Moira près de moi.

Les deux hommes lui lancèrent des regards noirs en soupirant, exaspérés. J'avais trop les nerfs à vif pour supporter leurs chamailleries aujourd'hui. Je ressentais les effets du manque de sommeil et la bête tapie en moi était extrêmement enragée.

— Tu veux bien m'accorder un instant, Moira ?

Elle me lança un regard glacé laissant augurer que nous n'en resterions pas là, puis sortit en trombe, son peignoir flottant dans l'air.

Tous les quatre me fixaient le regard lourd de reproches, mais le visage impassible, pourtant je lisais leurs émotions comme dans un livre ouvert. Un éventail allant de cette colère omniprésente jusqu'à l'intense palpitation du désir qui s'emparait de la moindre cellule de mon corps, dressant chacun de mes poils.

— Écoutez les gars, je vais au travail. Sans vous. Sans aucun de vous. J'ai juste besoin de la journée pour faire comme si tout allait bien. Comme si tout était *normal*. Vous comprenez? demandai-je doucement.

Un éclair de tristesse traversa le regard de Rysten, pourtant il continua de sourire.

— Bien sûr chérie. Si c'est ce dont tu as besoin, répondit-il.

Laran ouvrit la bouche pour protester, mais Allistair lui attrapa l'épaule.

— Allons marcher, Guerre, lança brusquement Allistair.

Il plongea brièvement ses yeux dorés dans les miens, et ils disparurent, ne laissant que Rysten et Julian sur le seuil de ma maison. La ressemblance entre les deux hommes était saisissante, mais ce n'était que superficiel. Lorsqu'on les examinait attentivement, il ne pouvait y avoir deux personnes plus différentes.

Rysten était gentil, il riait tout le temps et avait le sourire facile. C'était le bon copain bien foutu sur lequel on fantasmait. Le genre qui tombait toutes les filles, mais qui avait choisi son premier amour de lycée pour la vie. Le type avec qui toutes les filles voulaient sortir, et que tous les gars voulaient comme ami et à cause de tout cela, on ne pouvait s'empêcher de l'aimer. C'était le gars adorable. Le bon gars... mais Julian était totalement différent.

Il ne me donnait pas l'impression d'être le genre de mauvais garçon à passer de femme en femme. Il était plus réservé que cela. Plus prudent. Il dégageait quelque chose de plus fort, de plus dur que l'acier. Plus froid que la glace. Plus sombre que la mort. Julian n'était pas un mauvais garçon ni le bon pote bien foutu. Il était le genre à vivre dans l'ombre, à l'entretenir, à la nourrir. Le genre d'homme contre qui les mères mettent leurs filles en garde. Le genre d'homme à qui aucune fille, tout intelligente qu'elle soit, ne pouvait dire non.

Il était ce genre d'homme qui ne laissait peut-être pas tout un tas de cœurs brisés dans son sillage, mais s'il rencontrait quelqu'un...

Ni le Paradis ni l'Enfer ne pourrait les séparer. Pas même Dieu.

Je me mis à rougir et pestais en silence contre ces joues si pâles.

— Ruby ?

La question stoppa net mes réflexions sur eux. Je détournai les yeux des lèvres de Julian, ces lèvres que je fixais si intensément sans m'en rendre compte.

— Oui ? demandai-je en haletant légèrement.

— Tout va bien, chérie ? demanda lentement Rysten.

Leurs yeux se focalisèrent sur moi avec une intensité à la fois incroyablement délicieuse et énervante. Heureusement pour moi, j'étais quasiment certaine que mes pensées étaient à l'abri. À l'inverse de moi, je ne croyais pas qu'ils pouvaient lire dans mes pensées. À part peut-être Allistair…

— Ouaip, répondis-je d'une voix traînante. Je suis seulement fatiguée et toujours en train de digérer tout ça. Laisse-moi la journée pour me ressaisir…

Je m'interrompis en apercevant le regard que les frères échangèrent. Bien que mystérieux, il n'en était pas moins présent.

— Vous voulez me dire quelque chose ? demandai-je sèchement.

Les hauts et les bas entre la bête et moi me provoquaient des sautes d'humeur. Je me sentais tout excitée et l'instant d'après j'étais angoissée. Peut-être était-ce ma façon de gérer. Peut-être était-ce dû à la transition. Mais plus probablement, c'était simplement à cause des Cavaliers.

Rysten s'approcha de moi. À la différence de Laran, qui n'avait aucun problème à envahir mon espace, ou d'Allistair, qui affichait un petit rictus en me draguant, Rysten, quant à lui, s'arrêta à bonne distance et prit ma main dans la sienne. Bandit grogna dans ses moustaches, mais se reposa sur mon épaule, ce qui était le geste le plus amical qu'il n'avait jamais eu avec quelqu'un d'autre que Moira ou moi.

— J'imagine comme ça doit être difficile pour toi en ce moment.

Il y avait dans sa voix pincée une émotion tacite que je ne voulais pas ressentir. Je me demandai si cela était dû à son incapacité à éprouver une réelle empathie ou sympathie pour la situation que leur arrivée avait provoquée en moi.

— Cependant, il faut que tu aies constamment un garde près de toi, chérie. Nous pouvons patienter pour discuter des changements à venir, mais s'il te plaît, ne nous demande pas de nous en aller. Nous ne pouvons pas le faire. Pas quand un des démons qui t'ont attaquée est toujours en liberté.

Je poussais un gros soupir en passant ma main sur mon visage. Je n'aimais pas ça. Je n'aimais rien de tout cela. Je prévoyais de continuer à gagner du temps jusqu'à ce que je n'aie plus le choix, cepen-dant peut-être qu'avoir l'un d'eux avec moi aujourd'hui n'était pas la pire chose au monde. La bête était agitée et réclamait du sang, mais je refusais de lui laisser l'occasion d'en verser. Même si je détestais l'idée, je devais admettre qu'ils l'apaisaient.

Il était tout aussi important de la calmer que d'écarter les lutins assoiffés de sang. Le contrôle que j'avais sur elle, même s'il était minime, restait l'unique raison pour laquelle ils me laissaient choisir et décider de certaines choses.

— Très bien, *un seul d'entre vous* peut venir avec moi aujourd'hui, mais ça ne veut pas dire que j'emménage ou que j'accepte d'être surveillée vingt-quatre heures sur vingt-quatre. La seule raison est que je n'ai pas envie de me disputer aujourd'hui. Compris ?

Rysten acquiesça d'un signe de tête, un petit sourire en coin sur les lèvres. Près de lui, Julian se ferma, l'expression sur son visage semblait teintée de quelque chose comme... de la jalousie ?

Je levai les yeux vers lui, la question brûlait mes lèvres. Je n'avais pas l'impression que c'était à moi de poser la question, mais avant que je ne puisse décider que faire, il tourna brusquement les talons et s'éloigna d'un pas rapide à l'ombre d'un grand conifère.

— Garde un œil sur elle. Un des autres prendra

la relève cet après-midi, si elle nous le permet, lança-t-il d'une voix glaciale. Sèchement.

Le tee-shirt à manches longues qu'il portait se plissa au niveau des épaules, là où ses muscles se contractaient, tendus. Il ne tourna même pas la tête en s'éloignant rapidement dans l'ombre avant de disparaître comme s'il n'avait jamais été là.

** Rysten **

Il n'avait aucune raison d'être en colère après moi.

Il savait exactement comment ça allait se passer dès que nous quatre aurions posé les yeux sur elle. Elle n'était pas qu'une toquade, et ne le sera jamais. Il était idiot de continuer à la porter à bout de bras et de s'attendre à ce que nous fassions de même.

Nous n'étions pas que ses gardes du corps, plus maintenant, même si elle refusait de l'accepter.

La bête nous avait choisis.

Je l'avais su dès que je l'avais vue à sa porte, les bras croisés sur sa poitrine comme si elle tentait de dissimuler la vérité. Elle s'était attachée à nous, à chacun d'entre nous, et la bête l'avait accepté. Non qu'elle aurait accepté quiconque d'autre. Les humains ne valaient pas l'attention de ce prédateur, et les autres démons ne pouvaient lui faire face.

Elle ressemblait plus à son père qu'elle ne s'en rendait compte, et Lola aurait été fière d'elle.

Je n'avais jamais rencontré de démone pour laquelle je me sentais réellement possessif. C'était difficile d'apprendre que la personne pour laquelle vous aviez été créé puisse arriver à tout moment, pourtant dans mes rêves les plus fous, je n'avais jamais envisagé que cette démone serait celle qui perpétuerait les ténèbres, les agacerait, les provoquerait.

Et qu'elle me donne envie de massacrer tous les hommes, autres que nous, qui oseraient s'approcher d'elle.

5

Le carillon au-dessus de la porte du Blue Ruby Ink résonna.

— Nous sommes actuellement fermés pour le déjeuner, lançai-je sans lever les yeux.

Rysten et Moira venaient de partir, quelques minutes auparavant, nous chercher à déjeuner pendant que je terminais les retouches d'un dessin, demandées par un client.

— Nous devons avoir une petite conversation toi et moi.

Un accent du sud très prononcé reconnaissable entre tous.

Tout comme la beauté blonde aux yeux bleus qui venait de parler.

— Que veux-tu, Kendall? demandai-je d'une

voix brusque, où perçait la présence de la bête en moi.

J'allais devoir écourter cette petite réunion, ou je risquais d'énerver l'entité sombre qui détestait tout ce qu'elle représentait.

— Josh a disparu, commença-t-elle d'une voix légèrement tremblante.

Je posai mon crayon et glissai le dessin de côté, le rangeant dans une enveloppe scellée pour le protéger de la maladresse de Moira et des *éventuels* éclats dont Kendall avait le secret.

— Je ne suis pas certaine de comprendre pourquoi tu viens m'en parler. Nous avons rompu il y a plus de six semaines, répondis-je d'une voix désinvolte.

Ses yeux brillants se durcirent en entendant le ton détaché de ma voix, et je ne crus pas un instant qu'elle n'allait pas causer de problème.

— Je sais qu'il te voyait toujours, Ruby. Et aujourd'hui il a disparu. Je n'ai plus de nouvelles de lui depuis vendredi... poursuivit-elle en déglutissant et ravalant des larmes de frustration. Une partie de moi voulait lui dire de sécher ses larmes et de les garder pour quelqu'un qui en vaille la peine. Quelqu'un qui ne sortirait pas avec elle tout en continuant de courir après son ex comme un chien en chaleur. Pourtant, l'autre partie de moi savait qu'il ne fallait pas croire toutes ses comédies.

— Eh bien, je ne l'ai pas vu. Alors je ne sais pas que...

— Ne me mens pas ! me coupa-t-elle sèchement.

Surprise, je cillai sans pour autant réagir tandis que Kendall lissait sa robe d'une couleur rose malabar.

— Je te donne l'opportunité de confesser tes péchés et de me dire où il se trouve.

Des larmes de rage jaillirent de ses yeux, faisant couler des lignes noires de mascara sur ses joues. Elle n'éclata pas en sanglots ni ne larmoya, pourtant le venin qui emplissait ses yeux était éloquent.

— Je ne vois pas de quoi tu parles.

Je n'hésitai pas le moins du monde en répondant, car, depuis que je m'étais réveillé de ce cauchemar à la Pandora Box, j'attendais ce moment. Kendall était presque aussi obsessionnelle que l'était Josh, et je savais que même si les Cavaliers de l'Apocalypse m'avaient assuré que ce serait comme s'il n'avait jamais existé, ça ne s'arrêterait jamais.

Bien sûr, ils pouvaient cacher sa mort, mais ils ne pouvaient pas dissimuler sa vie. Il n'était pas un démon. Il était humain. Un humain de peu de volonté qui avait perdu la tête à cause du désir que je lui avais inspiré, et que je n'avais pas su effacer.

Je n'arrivais pas à me sentir coupable, pas quand son seul nom évoquait en moi des souvenirs de cette nuit-là. Le cauchemar de me retrouver étendue sur une table de conférence, complètement droguée et incapable de bouger pendant qu'il se frottait contre mon corps et m'agressait.

Il m'aurait violée si les Cavaliers n'étaient pas arrivés, alors non, je ne me sentais pas coupable.

Pas pour lui.

Kendall se tapota les yeux et les joues avec un mouchoir pour effacer les traces de ses larmes. Un sourire cruel se dessina sur ses lèvres lorsqu'elle plongea la main dans son sac pour en ressortir une feuille de papier. Elle s'approcha et tendit la main.

Que le Diable me vienne en aide.

C'était une photo. De Josh et moi. Au bar du Pandora Box.

Elle ne devait pas avoir été prise plus d'une heure avant qu'il ne tente de me violer.

Avant qu'il ne m'attrape, qu'il me déshabille, et... j'eus des haut-le-cœur.

Mon sang martelait mes veines tandis que je penchai sur le côté de ma chaise. La violence du choc me prit de court et je tentai de rendre de la nourriture que je n'avais pas en moi. Mon estomac fut secoué par des crampes, tout se mit à vaciller autour de moi et je perdis le contact avec le monde extérieur.

Je n'avais jamais souffert de crise d'angoisse, malgré toutes les sales choses qui m'étaient arrivées.

Quelle que soit l'expérience que je vivais, je m'en emparais et l'enfermais dans un coin d'où elle ne sortirait jamais. J'absorbais ces souvenirs, même lorsqu'ils étaient en train de se produire, et je les rangeais dans une boîte, que je plaçais à l'intérieur d'un caveau où je l'emmurais pour qu'elle ne voie plus jamais la lueur du jour.

C'est ainsi que je fonctionnais. C'est ainsi que je gérais.

Je ne cédais pas à la panique ou à l'angoisse. Je vivais ma vie en acceptant que c'était arrivé, mais en oubliant un petit peu plus tous les jours.

Jusqu'à ce que je ne le puisse plus.

— Bon sang, qu'est-ce que... commença à hurler Kendall.

J'étais passée du stade où je n'entendais rien, à l'abri dans la bulle que je m'étais forgée, à celui où, en voyant la photo dans sa main, la réalité me rattrapa brutalement et me rendis physiquement malade.

Il est mort. Il ne peut plus te faire de mal.

Je déglutis difficilement, inspirant profondément lorsque la porte du salon s'ouvrit bruyamment.

Je n'eus pas besoin de lever les yeux pour savoir que Moira et Rysten venaient de rentrer. Le mélange de leurs émotions agit comme des câbles de démarrage sur mon cœur. La peur s'estompa pour laisser place à la colère froide de l'entité en moi qui voulait tant la brûler vivante.

J'avais toujours le contrôle, mais il tenait seulement à un fil.

— Kendall, je n'ai pas la moindre foutue idée de ce que tu fais ici, mais si tu ne dégages pas illico, tu sortiras dans un sac mortuaire, compris ?

Moira n'avait pas crié, elle n'avait pas hurlé. Bon sang, elle n'avait même pas haussé le ton. Elle laissa planer le calme glacial de ses paroles qui enveloppa Kendall. La maîtrise dans sa voix était plus assourdissante que les mots eux-mêmes.

— Ça... Ça n'en restera pas là ! Je sais ce qu'il s'est passé ! Je connais la *vérité* ! hurla-t-elle avant de disparaître.

La vérité ? Elle n'en avait pas la moindre idée. Je doute qu'aucun d'entre eux ne sache vraiment ce qu'il s'était passé cette nuit-là. Je connaissais la vérité parce que je l'avais déjà vue.

L'incident avec Josh n'avait rien d'original. C'était la même histoire avec la plupart des hommes qui croisaient mon chemin. Je l'avais accepté, et j'avais appris à vivre avec cette vérité depuis longtemps. Du moins, c'était ce que je croyais.

Moira me prit dans ses bras et murmura des promesses de vengeance à mon oreille. Elle voulait m'apaiser, me calmer. À cet endroit précis où j'avais choisi de laisser mon empreinte sur ce monde, je décidai que cela ne me briserait pas. Kendall avait dit que ça n'en resterait pas là, alors je serais prête le jour venu. Prête à débiter mes mensonges.

Même si je m'en fichais de Josh, la vérité n'était pas ce qui importait. Mais seulement ce que Kendall considérait comme la vérité, et à cause de tous ses sentiments et ses obsessions... c'était encore moi, même après sa mort, à en payer le prix fort.

6

Moira et moi n'en parlâmes pas au cours de la journée, mais je sentais ses regards inquiets posés sur moi. Ces regards qu'elle me lançait et ceux qu'elle partageait avec Rysten. Je m'enfermai dans mon bureau après le départ de mon dernier client et n'en sortis pas, même lorsqu'elle frappa à ma porte pour me dire qu'elle s'en allait. Je n'avais pas envie de voir qui que ce soit.

Seule avec mes pensées, je me rongeai les ongles en parcourant mes dossiers de croquis à travailler. Ce n'était pas grand-chose, mais c'était toujours ça.

Le premier dessin que j'avais terminé, je l'avais au crayon à papier. C'était une rose toute simple, en noir et blanc, que j'avais dessinée pour une mère qui avait perdu sa fille quand elle était bébé. Le deuxième était une tempête, littéralement, exécutée avec les plus belles nuances de bleu et de jaune. Le ciel était strié d'éclairs et les nuages roulaient si naturellement qu'ils semblaient réels. Celui-là était pour une femme plus âgée qui avait été navigatrice. Elle m'avait décrit les cieux et les flots, comment ils avaient souvent failli lui ôter la vie à maintes reprises. Elle survivait, à l'instar de la première après la mort de sa fille. Cette femme âgée souffrait d'un cancer aujourd'hui, cependant elle souhaitait une manchette sur son bras droit pour lui rappeler ce qu'elle avait traversé. Comme un support pour affronter la tempête.

Il était magnifique. Une de mes plus belles œuvres, et je ne le lui avais pas encore montré. Je souris en suivant du bout des doigts les contours des nuages bleus Égée parsemés de légères traces de bleu Lapis-Lazuli. Je ressassais sans cesse ces mots : *un support pour affronter la tempête.*

Certaines personnes avaient vécu des choses bien pires que moi et continuaient à sourire à la vie. À lutter. Bon sang, généralement je ne me laissais pas déstabiliser de la sorte par une photo. Qu'est-ce qui avait changé ?

Était-ce moi ? Était-ce à cause des Cavaliers de l'Apocalypse ? Je savais que je m'en fichais à propos de Josh et que ses actions m'avaient remuée. J'avais déjà connu ça avec des démons et des incubes bien plus forts que lui. Était-ce à cause de cela ? Qu'il m'avait vaincue malgré sa faiblesse ? Mais pouvait-on parler de victoire lorsqu'il avait dû faire usage de drogues pour y parvenir ?

Mon esprit fourmillait de couleurs et de secrets, de modèles et de mensonges. J'étais une dure à cuire, pourtant certains détails me faisaient péter les plombs. Je ne me considérais pas comme une menteuse, pourtant mon existence tout entière n'était qu'un putain de mensonge. J'étais née pour gouverner, mais pas gouverner n'importe où. J'étais née pour gouverner l'Enfer.

J'étais la Reine du monde des Ténèbres.

Mais, une satanée photo me faisait plier genoux. C'était tellement juste, et cependant si cruel. Après tout, ce n'était pas moi qui avais perdu la vie cette nuit-là. J'étais seulement celle qui devait vivre avec les erreurs de tout le monde. Celle qui avait été droguée, pas une fois, mais deux... à cause du lutin que Laran avait dégagé pour m'avoir touchée. Bien sûr, il ne m'aurait jamais touchée si je ne m'étais pas rendue dans cet endroit pour commencer. Pouvais-je vraiment lui en vouloir de m'avoir emmenée là ? Non. Pas autant que j'en voulais à Josh pour ce qu'il m'avait fait. Je ne regrettais pas qu'il soit mort, toujours pas. Pourtant cela ne voulait pas dire que je ne ressentais rien.

Tout ce que je voyais, tout ce que je faisais, ça m'embrouillait les idées, et ce n'était pas la première fois que cela arrivait. C'était juste la première fois que cela arrivait avec les Cavaliers de L'Apocalypse. Et ensuite ? Qu'arrivera-t-il quand nous nous rendrons en Enfer ? J'avais regrettablement fermé les yeux sur le monde des démons, car je ne voulais pas le voir, mais aujourd'hui il m'avait rattrapé et je ne pouvais l'ignorer.

Au diable tout cela !

Je me levai d'un bond et rangeai mon œuvre quelque part où elle ne risquait pas d'être abîmée par des tâches de café ou de tacos à emporter. Je saisis mon sac et me lavai les mains pour enlever les traces de crayons de couleur. L'eau devint bleue et jaune et prit une teinte vert sale. Je n'étais pas du genre à croire aux signes, je laissais cela à d'autres démons. Pourtant, la couleur me perturba.

Le salon était tranquille lorsque je le verrouillai, cela faisait un moment que le soleil s'était couché. Un ciel couleur obsidienne me fixait tandis que je quittai le halo de lumière du Blue Ruby Ink.

Le calme me caressa la peau et, pour la première

fois de la journée, la bête était apaisée. Ce n'était pas un calme naturel, pas du genre que l'on se provoque soi-même, mais plutôt un cadeau qu'on me faisait.

— J'imagine que c'est ton tour ? demandai-je doucement.

Allistair sortit de l'ombre. Sa peau d'albâtre faisait particulièrement ressortir ses pommettes saillantes. Dans la journée, il était incroyablement séduisant, mais la nuit... il l'était étrangement plus. La lueur dans son regard brillait plus fort et ses boucles noires foisonnantes suppliaient qu'on les touche. La nuit, Allistair était la plus belle créature que j'avais jamais vue.

Un sourire entendu se dessina sur ses lèvres.

— En route pour un tour, répondit-il.

La plupart des nuits, j'aurais protesté vu où j'avais fini la dernière fois que j'avais laissé un Cavalier m'emmener quelque part sans me dire où nous allions.

Mais Allistair n'était pas Laran, et aujourd'hui j'étais une autre Ruby.

Il tendit la main, et tout ce à quoi je pensais c'était *un support pour affronter la tempête*. Je ne savais plus qui j'étais en ce moment précis. J'étais Ruby. J'étais la fille de Lucifer. J'étais un monstre.

Je... vivais ma vie du mieux que je le pouvais dans ce monde déphasé, et je faisais de mon mieux.

Pourtant, il fallait parfois laisser le démon prendre les commandes.

Je ne lui demandai pas où nous nous rendions tandis que les lumières défilaient comme des étoiles filantes. Allistair possédait la voiture la plus jolie dans laquelle j'étais jamais montée. Elle possédait des sièges en cuir noir chauffés, et il y avait une tasse de thé dans le porte-gobelet. J'enroulai mes mains autour de la tasse fumante pour essayer d'en diminuer la chaleur en prenant une petite gorgée.

Un thé Earl Grey avec une touche de miel et un nuage de lait.

Parfait.

Je laissai échapper un petit soupir. Il avait créé ce calme, instinctivement. Je le savais.

En réalité, je me fichais de savoir où nous nous rendions du moment que cela ne s'arrêtait pas.

— Comment est ton thé ? demanda-t-il.

Une petite conversation anodine. C'était tellement humain. Je ne savais pas si je devais être reconnaissante ou ennuyée qu'il fasse un effort.

— Il est parfait, répondis-je sans le regarder.

C'était plus facile de ne se focaliser sur rien. Les lumières étaient éclatantes et magnifiques, elles emportaient toute ma morosité dans leur sillage.

— Excellent, dit-il.

Je souris furtivement en entendant la fierté dans sa voix. Je me demandais si Rysten lui avait dit comment j'aimais mon thé, pour me remonter le moral. Mais peut-être qu'Allistair écoutait plus que je ne le pensais.

Le silence envahit la voiture pendant un moment. Plus longtemps, cette fois-ci. Si long en fait, que les lumières se faisaient de plus en plus rares. Nous quittions la ville.

Cela m'intrigua et me rendit légèrement nerveuse tout à la fois, mais je ne dis rien, car s'il m'emmenait quelque part trop longtemps, je savais que les trois autres seraient également présents.

— Tu sais, dit Allistair en brisant le silence. Je comprends ce que tu traverses en ce moment.

Je me tendis et sa main glissa du volant pour saisir ma main sur mes genoux.

— Tu n'as pas besoin de parler. Je ne m'attends pas à ce que tu le fasses. J'aimerais seulement que tu écoutes.

Ce que je fis. Le sang se réchauffa dans mes

veines à son contact. Il ne me touchait pas d'une manière sexuelle, et n'y mélangeait pas ses émotions confuses. Au lieu de cela, c'était un contact... bienveillant. Rassurant. Il ne me tenait pas la main comme un con possessif, mais au contraire il m'offrait le genre de réconfort qui m'avait toujours manqué.

Puis il dit la dernière chose à laquelle je m'attendais venant de lui.

— Toute ma vie, à la fois dans ce monde et dans le nôtre, je ne suis tombé amoureux qu'une seule fois.

Malgré l'obscurité dans l'habitacle je sentais ses yeux sur moi.

— Ayant été élevée par des humains, il se peut que tu trouves étrange que ça ne se soit produit qu'une seule fois, poursuivit-il. Mais en tant que femme à moitié succube, je pense que tu peux le comprendre.

— J'ai vécu des milliers d'années à regarder les femmes faire n'importe quoi au nom de ce qu'elles appellent l'amour. J'ai vu des femmes se tuer, assassiner leurs amants, ou même d'autres femmes qu'elles considéraient comme une menace... juste pour m'avoir.

— Au début, j'ai lutté contre la culpabilité en

moi, puis j'ai réalisé qu'il n'y avait que peu de choses que je pouvais faire. Finalement la culpabilité s'est estompée, remplacée par la colère que j'éprouvais pour ces femmes trop stupides de ne pas avoir vu l'évidence. De ne pas avoir compris que *l'amour* n'existait pas... du moins, c'est ce que je pensais à l'époque.

J'aurais presque fait une blague si je n'avais pas été sans voix devant sa confession. C'était Famine, un des Quatre Cavaliers de l'Apocalypse... mais il ne restait qu'un homme dans le fond. À part que, contrairement aux humains, les démons ne s'enfermaient pas dans des jeux de genre ou des stéréotypes. Nous nous voyons comme nous étions vraiment et ne nous excusions pas d'être nous-mêmes. Sous certains aspects, cela nous rendait, le rendait meilleur que les humains.

Je gardai mes réflexions pour moi.

— Puis un jour, je suis tombé vraiment amoureux de quelqu'un. Une femme interdite, de bien des façons, pourtant je ne pus m'en empêcher. J'étais pris dans ses filets, comme ces femmes ridicules qui me poursuivaient depuis des siècles. Jusqu'à ce que je ne le sois plus.

— Quoi ?

La question franchit mes lèvres sans réfléchir.

Allistair sourit, mais sans aucune bienveillance. Si sa main n'avait pas serré la mienne, j'aurais été terrorisée par la haine contenue dans son sourire.

— La chute n'a aucune importance. La morale de l'histoire c'est que la femme et moi nous sommes séparés, et avons pris des chemins différents. Elle est la seule avec qui j'ai pu le faire sans que cela finisse en bain de sang. Et tu sais pourquoi ?

Je secouai la tête et la voiture s'arrêta. Je ne reconnus pas l'endroit où nous nous trouvions, dans la lumière des phares, je distinguai seulement un abîme où régnait le ciel nocturne.

— Parce qu'elles étaient indignes de moi. J'avais été créé pour être suffisamment fort pour pouvoir rivaliser avec toi, pour te réfréner si cela s'avérait nécessaire. Les femmes, les démones, n'étaient pas assez fortes pour cela. Elles étaient inférieures à moi. Que nous ayons la même apparence ne changeait rien à cela. Je ne peux pas m'excuser d'être ce pour quoi j'ai été créé, tout comme un cerbère ne peut s'excuser d'être fidèle.

Je commençais à comprendre où il voulait en venir, et ayant été élevée par des humains... je voyais où je me situais dans cette histoire.

—Je ne peux pas être une personne sans cervelle

qui se contente de tuer des gens. Ça ne me ressemble pas, c'est...

Je m'interrompis juste avant d'admettre à voix haute ces désirs sombres.

— La bête ? demanda-t-il doucement.

Je me mordis les lèvres et acquiesçai en silence.

— Tu as été créée pour devenir le prédateur ultime. Celle qui saura nous canaliser, dit-il en toute simplicité, comme si c'était une évidence.

— Et si je ne le veux pas ? demandai-je.

— Tu ne veux pas être la bête, ou tu ne veux pas être une succube ? répondit-il en arborant un autre sourire.

— Les deux.

Il osa tout de même rire.

— Je ne pense pas que tu ne veux pas l'être. Je crois que c'est à cause de tes conceptions erronées de qui tu es et de qui tu penses devoir être. Je pense que tu t'excuses d'exister, parce que tu es convaincue que sans toi, les choses se seraient passées différemment pour tous les hommes qui ont croisé ton chemin.

Que le Diable me vienne en aide.

Soit il était vraiment doué, soit il était un bien meilleur manipulateur que je ne le pensais. Quelle que soit la réponse, j'étais foutue.

— Et tu voudrais que je fasse quoi ?

— Que tu arrêtes de t'excuser. Que tu sois toi-même, sans en avoir honte. Je sais que tu le veux. Je peux le lire dans tes yeux. Ce monde n'a rien fait pour toi, et pourtant tu te saignes pour lui. Pourquoi ? Tu ne plains pas les cochons quand tu manges du bacon. Pourquoi es-tu triste pour l'homme qui t'a fait du mal ?

Je secouai la tête.

— Ce n'est pas pour Josh que je me sens triste.

Sa main serra la mienne brièvement avant de la retirer.

— Viens avec moi.

Nous ouvrîmes nos portières pour accueillir la brise glacée nocturne. Ma queue de cheval, prise dans le vent, claqua en dégageant mon visage. Je m'avançai devant la voiture, en inspirant profondément l'air de la nuit. Il avait une saveur différente, par ici. Plus propre. Plus vif. Mes bottes crissaient sur l'herbe gelée tandis que je suivais le halo de la lumière des phares jusqu'au bord du ravin. J'eus le souffle coupé en regardant en bas. Au même instant, les lumières s'éteignirent.

L'obscurité jaillit de l'ombre et m'enveloppa dans la nuit. Je restai immobile à embrasser la vue qui s'offrait à moi, des dizaines de mètres en contrebas. Je n'arrivais pas à distinguer la surface tout au fond, là où les rochers s'arrêtaient pour laisser place au lac. Je n'aurais même pas deviné qu'il y avait de l'eau sans les deux lunes. Une dans le ciel et l'autre juste en dessous, posée sur l'horizon. Les ondulations de l'eau éparpillaient la lumière des étoiles, fragmentant la perception de l'espace qui nous entourait.

— Je n'ai jamais rien vu de tel, murmurai-je.

Face au vide où les sons deviennent violents, un murmure résonnait comme un cri.

— Je pensais bien que tu apprécierais. Nous autres, nous apprécions la beauté, murmura-t-il.

Des doigts fermes se posèrent au bas de mes reins, et malgré mes trois couches de vêtements, ma peau s'embrasa.

— Nous recherchons également le frisson et des expériences hors du commun, poursuivit-il.

Sous la chaleur, je ressentis un léger picotement. Était-ce un avertissement ?

— Me fais-tu confiance ? demanda-t-il.

Ses lèvres caressèrent mon oreille, mais il n'y avait rien d'amical dans ce contact.

Je retins ma respiration, la bouche ouverte. Allistair se plaça derrière moi et mordilla le lobe de mon oreille, effleurant ma peau de la chaleur de son souffle. L'espace d'un claquement de doigt, je me mis à frissonner, ressentant instantanément les pulsations quasi douloureuses entre mes jambes.

— Me fais-tu confiance ? répéta-t-il.

Avais-je confiance en lui ? Ici ? Maintenant ?

C'était une sacrée question. Ses doigts se refermèrent sur le tissu de mon sweat-shirt, le serrant en boule dans mon dos.

Tant qu'à faire le mauvais choix, autant y prendre du plaisir.

— Oui, susurrai-je.

— Garde les yeux ouverts, répondit-il.

Puis il me poussa.

7

Je basculai parmi les étoiles, attendant le moment où j'allais toucher le sol et mourir.

Côtoyer la mort de si près, procure un sentiment étrange. Étonnamment libérateur d'une certaine manière. Alors que l'inévitable me submergeait. Il ne me restait probablement pas plus d'une trentaine de mètres de chute, mais tandis que je me posais tout un tas de questions, comme « Comment a-t-il pu me faire ça ? », ou « Pourquoi moi ? », la seule chose que j'espérais en fait, c'était que Moira et Bandit prendraient soin l'un de l'autre.

L'eau approchait de plus en plus vite et la sensation de liberté s'estompa. N'existait-il pas un dicton qui disait que la mort était simple et que la vie était compliquée ? J'étais sur le point de le découvrir. Fille de Lucifer ou non, je doutais qu'une chute de plusieurs dizaines de mètres puisse avoir une issue favorable.

Eh bien, nous y voilà. Ton épitaphe étant que tu faisais confiance au gars qui t'a poussée.

J'espère que Moira va lui pourrir la vie.

Mon propre reflet approchait vers moi, et j'attendis l'impact.

Et j'attendis encore.

Et...

Mon corps fonça dans quelqu'un d'autre. Dans la collision, mes os s'entrechoquèrent, mais il me maintint de toutes ses forces, un bras se glissa sous ma jambe et un autre dans mon dos. Je n'étais pas morte. Je clignai des yeux et tournai la tête. Le ciel nocturne était le même, cependant j'y distinguais une crête, comme celle dont on venait de me pousser... Je fronçai les sourcils en tournant à nouveau la tête pour voir si la voiture se trouvait là, comme dans mon souvenir. C'était tellement étrange. Mon champ de vision était occulté par le corps anonyme auquel je m'accrochais. Je fixai ce torse qui se soulevait et s'abaissait, levai les yeux sur l'échancrure de son cou jusqu'à ses pommettes saillantes. J'arrivai enfin à ces yeux couleur ambre qui me regardaient.

Oubliée la terreur de mourir, je sentis la fureur s'emparer de moi, prête à se déverser sur lui.

— Espèce de connard ! Comment as-tu osé me pousser d'une...

— Tu n'en es pas morte, si ? demanda-t-il.

— Non ! Mais ce n'est pas le...

— Tu n'as pas du tout eu mal, d'accord ?

— Eh bien, non. Mais je suis furieuse que tu aies seulement pensé...

— Alors qu'est-ce qui te rend furieuse ?

J'étais presque convaincue qu'il était sincère et qu'il ne réalisait pas à quel point c'était tordu ce qu'il venait de faire. Presque que convaincue. S'il n'avait pas arboré ce petit sourire en coin en me regardant. Il était bien le connard que je pensais.

— Va te faire foutre ! crachai-je.

Allistair laissa échapper un gloussement rauque.

— Est-ce une proposition ?

Je grognai d'une manière inhumaine et serrai les poings.

— Pose-moi par terre, coupai-je court.

Allistair me fit rouler et me posa au sol tout en gardant son bras autour de moi. Je le repoussai et tentai de m'éloigner, mais mes jambes flanchèrent. Je fus prise de vertige et le monde se mit à vaciller.

— Ouah, m'écriai-je.

Dès que je retrouvai mon équilibre et ma vision, je fis face à Allistair. Il me regardait avec un grand sourire, pas sauvagement, mais plus comme quelqu'un qui n'a plus toute sa tête.

Je lui décochai un direct au visage.

— Ouah mec ! Bordel, mais tu es taillé dans quoi ? lâchai-je, furieuse, en me secouant la main.

Des doigts serrèrent ma hanche droite pour me maintenir tranquille. Si nous avions été humains, il serait étalé par terre avec un beau bleu, comme la racaille qui avait essayé de me voler. Mais Allistair n'était pas humain. Bon sang, il n'était même pas un démon, vraiment. Il était plus que cela.

— Tu viens vraiment de me mettre une droite ? demanda-t-il en faisant bouger sa mâchoire.

— Tu viens vraiment de me pousser d'une satanée falaise ? répondis-je.

Il resserra sa prise sur ma hanche alors je posai ma main sur la sienne, la remontai le long de son avant-bras avant de redescendre toutes griffes dehors.

Avant qu'il ne me pousse, avant notre expérience extra-corporelle, avant que je ne pense mourir, et bien il m'avait excitée. Sa présence suffisait, pourtant dès qu'il me touchait, cela attisait quelque chose en moi. Puis quand finalement je n'étais pas morte, je m'étais sentie furieuse. Je voulais le faire souffrir. À présent, je le voulais lui. Étrangement, c'était comme si nous avions bouclé la boucle. Je sentais en moi mes émotions qui tourbillonnaient dangereusement, telle une tempête dévastatrice qui n'attendait que le moment d'exploser.

— Juste quand je pense t'avoir cernée, tu arrives encore à me surprendre, chuchota-t-il.

Il laissa sa main glisser de son visage jusqu'à mon autre hanche, où elle se posa. J'eus la gorge sèche, tous les jurons et les insultes s'étaient éclipsés.

— C'est plutôt rafraîchissant, tu sais, poursuivit-il en se penchant en arrière pour s'asseoir sur le coffre de sa voiture. Lentement, ses mains m'attirèrent plus près de lui. J'avançai dans l'espace entre ses jambes et posai mes mains glacées sur le galbe de son torse. Au clair de lune, ses yeux s'assombrissaient, passant de l'ambre au bronze, et m'attiraient dans leur profondeur.

La bête en moi se mit à ronronner. Elle aimait cette conversation. Elle en voulait plus.

Sans jamais le quitter des yeux, je me penchai vers lui en humectant mes lèvres pour lui signifier ouvertement mes intentions. Ses mains sur ma taille glissèrent sous les nombreuses couches de tissu que je portais. Brûlants et glacés, ses doigts caressèrent le contour de ma hanche, le long de la ceinture de mon pantalon.

Perdant presque tout contrôle, mon corps se pencha brusquement contre lui, conscient qu'il pouvait lui procurer plus encore que ce qu'il désirait si fort. Avant, je ne pouvais jamais être ainsi avec un homme. Le monde et ses possibilités me laissaient en demande, et même plus, en manque.

— Tu es tellement sensible, dit-il d'une voix rauque.

Le souffle de sa respiration sur ma peau me fit soupirer légèrement. Ses mains se déployèrent sur mon dos, sous mon tee-shirt, s'animèrent pour m'attirer plus près dans l'espace entre nous. Je remontai mes mains sur ses épaules et les posai à la base de son cou. Mes doigts caressaient les boucles rebelles de ses cheveux couleur obsidienne avant de se refermer sur ses mèches souples.

Allistair laissa échapper un lent grognement avant de poser sa bouche contre la mienne.

Ses lèvres n'étaient ni timides ni douces lorsqu'elles cherchèrent les miennes pour les dévorer. Allistair n'était pas le genre d'homme à user de douceur. Il était comme moi, il y avait en lui quelque chose qui se nourrissait du désir et de la sexualité des êtres plus faibles, et c'était extrêmement excitant de se mesurer à quelqu'un comme soi. Une de ses mains lâcha mon dos pour s'attaquer au tissu de mon soutien-gorge. Ses doigts experts, doués pour trouver ce qu'ils voulaient, pressèrent fermement jusqu'à libérer ma poitrine. Ma bouche s'ouvrit plus grand, sous l'effet des grognements que je libérais dans sa bouche à mesure qu'il m'embrassait de plus en plus profondément, me fouillant de sa langue. Il avait le goût du désir, d'un scotch généreux, et quelque chose de tout à fait personnel. Je m'accrochai à lui, répondant à son déferlement contrôlé avec une sauvagerie que je ne pouvais plus maîtriser. Mes doigts se refermèrent sur ses cheveux, les tirèrent violemment jusqu'à ce qu'il souffle entre ses lèvres, envahissant ma bouche de la sienne.

— Fais attention, ma petite succube. Mon sang-froid a des limites. Je n'ai rien fait depuis que je t'ai rencontrée, murmura-t-il contre ma peau.

Sa mise en garde eut l'effet contraire et ne fit qu'augmenter mon désir de le posséder. Je me penchai en avant, pris sa lèvre inférieure dans ma bouche et me mis à la mordiller légèrement, l'aspirant en m'écartant lentement.

Il tendit les mains vers les bonnets de mon soutien-gorge desserrés et pris mes seins dans ses paumes avant d'effleurer mes tétons tendus pour m'exciter. Ses doigts frais saisirent le bout de mon sein, tirant d'un coup sec, juste assez pour m'amener à la frontière entre le plaisir et la douleur. Cette sensation se répercuta tout droit entre mes cuisses et le désir se décupla. Je lui mordis la lèvre pour me venger.

Il laissa échapper un juron et s'écarta. Il sortit sa langue pour lécher le sang sur sa lèvre, tandis que je le fixais, un sourcil levé, pour le mettre au défi de réagir.

— Tu as l'amour vache, dit-il.

Je ne parvenais pas à lire le ton de sa voix, mais il y avait de la sauvagerie dans son sourire. Surprise, défi, jeux : il réfléchissait mentalement à ce qu'il me réservait pour plus tard. Il ne me quitta pas du regard en baissant la main pour la poser fermement entre mes cuisses. J'ondulai des hanches contre lui pendant qu'il me regardait de ses yeux sombres et affamés.

À ce moment précis, en cet endroit précis, je n'étais ni Ruby ni la bête. Je n'étais plus qu'un être sexué qui se consumait du désir ardent qui brûlait en moi chaque jour. Un être jamais rassasié, qui ne trouvait qu'une piètre consolation avec sa main sous les couvertures pendant la nuit.

Je me délectais de la pression qu'exerçait sa paume sur mon jean, du frottement de ses trois doigts de haut en bas le long de la couture. Le tissu atténuait le contact tout en permettant à la sensation de se décupler. Je calquai mon rythme au sien et me frottais contre lui. Allistair était prêt à donner, cependant je devais suivre *ses* règles. Dans ce jeu, mon rôle se limitait à ça. Prendre ce que l'on me donnait. Faire ce qu'on me disait de faire. Pourtant je ne pouvais pas m'empêcher. Je me frottai contre lui avec plus d'insistance, mue par le désir grandissant.

Sa main s'immobilisa et un grognement grandit dans ma poitrine.

— Attention. Je ne t'ai pas emmenée ici pour te faire l'amour, mais je ne vais pas te laisser dans cet état si près de ta transition, grogna-t-il.

Je tirai violemment sur ses cheveux et il planta son regard dans le mien.

— Tu dois être sage si tu veux que je le fasse. Je suis en érection et en manque. Pour que je puisse te satisfaire sans faire l'amour, j'ai besoin de me concentrer. Et je n'y parviendrai pas si tu continues de me mordre et de me tirer les cheveux. Tu peux rester sage ?

Ses paroles étaient la promesse de ce que je désirais le plus au monde en ce moment précis. Je relâchai mon emprise et acquiesçai d'un signe de tête.

Il me lança un sourire cruel tandis que sa main se resserra sur mon sein. Je lâchai un long gémissement de plaisir et de soulagement. C'était déjà arrivé. Je savais ce qu'il voulait, et j'étais prête à le lui donner. Le regard dont il me gratifia faillit me faire jouir instantanément.

Allistair retira sa main d'entre mes cuisses et fit un mouvement circulaire pour m'intimer tacitement de me retourner. Je me raidis et haussai les sourcils, pourtant je m'exécutai en ignorant le petit sourire en coin qui se dessina sur ses lèvres juste avant qu'il ne disparaisse de mon champ de vision. Je faisais face à la nuit tandis qu'il attirait mon corps contre le sien.

D'une main, il poussa mes cheveux sur le côté tandis que ses lèvres parcouraient ma peau et mordillaient ma carotide. Je haletai, mais restai immobile. Je n'osais pas frotter mes fesses contre son sexe durci collé contre moi.

— Hmmm, je t'aime bien dans cette position, susurra-t-il.

J'ouvris la bouche pour répondre, mais une de ses mains glissa sous mon tee-shirt et ouvrit le bouton de mon jean d'un mouvement sec. Mon cœur fit un bond dans ma poitrine.

Lentement, il ouvrit la fermeture éclair de mon pantalon, en prenant bien son temps. Seuls les légers baisers qu'il déposait sur mon cou rendaient la situation supportable. Ses lèvres fraîches sur ma peau ardente me menaient droit vers l'orgasme. Il me mordillait en même temps, passant de morsures franches à des succions sur ma peau nue. Jamais je n'aurais été aussi patiente ou aussi joueuse avec quelqu'un d'autre que lui. Je voulais qu'il me satisfasse. Il baissa mon pantalon de quelques centimètres, faisant exploser mon excitation. Ses doigts se glissèrent dans mon jean et se mirent à me caresser au travers de ma petite culotte. Je ne parvenais pas à empêcher mon corps de répondre en poussant par saccade mes fesses contre son sexe. Il mordilla mon cou pour me mettre en garde, alors je me maîtrisai immédiatement. La tête inclinée sur le côté, je suppliais qu'il m'en donne plus.

— C'est bien, me félicita-t-il.

Je gémis lorsqu'il écarta le tissu de ma petite culotte et que ses doigts agiles pénétrèrent mes plis humides. Je criai dans la nuit tout en essayant de rester tranquille, de jouer le jeu, notre jeu, mes jambes tressautaient de désir, mon corps lui hurlait de me faire jouir. Tout contre mon cou, Allistair ronronnait son approbation en me massant plus profondément avec ses doigts. Sa paume était posée sur mon clitoris et le frottait tandis qu'il me poussait vers l'orgasme.

— S'il te plaît !

Un cri guttural, inutile. Il ne me soulagerait que lorsqu'il l'aurait décidé.

— Où se trouvent mes doigts ? Je veux t'entendre le dire.

Quoi… ?

— Pas…, grognai-je les dents serrées de frustration.

— Je veux te l'entendre dire. Je veux que tu le dises, m'interrompit-il.

Focalisée sur le plaisir, les mâchoires serrées, j'étais déterminée à ne pas prononcer ces mots.

Il ralentit sa main et le désespoir m'envahit.

— Où se trouvent mes doigts, Ruby ? répéta-t-il d'un ton autoritaire.

En même temps, il s'enfonçait plus profondément en moi et appuyait sur mon point G, envoyant des décharges électriques dans mes membres à mesure qu'il augmentait le rythme en moi.

— Tes doigts… sont dans… en moi, réussis-je à dire alors que l'orgasme s'amplifiait.

Je ne voulais pas qu'il s'arrête.

— Et qu'est-ce que tu veux ?

— Je veux que tu me fasses jouir. S'il te plaît, fais-moi jouir. Je t'en prie...

— Hmmm, murmura-t-il. J'aime quand tu supplies. Peut-être qu'un autre soir nous pourrions voir le nombre de sons adorables que je pourrais arracher à ces lèvres-ci. J'ai toujours pour projet de te faire crier.

Je restai aussi immobile que possible tandis que le désir m'envahissait, sa pression s'accrut, et il augmenta le rythme. Je sentais mon corps tout entier se contorsionner à l'approche de l'orgasme.

Certaines femmes auraient trouvé sa maîtrise rébarbative. Bon sang, je ne comprenais pas moi-même pourquoi cela provoquait ce genre de réactions. Généralement j'avais envie de l'étrangler, mais étrangement ma colère s'évanouissait lorsque ses doigts s'enfonçaient en moi, alors je faisais et disais des choses que je ne comprenais pas.

— Crie mon prénom quand tu jouis, m'ordonna-t-il.

Je n'eus pas la force de le traiter de connard lorsque l'orgasme s'empara de moi. J'inclinai la tête en arrière, ancrai mon corps sur ses doigts et abandonnai toute sagesse pour m'abandonner corps et âmes sur les doigts que je chevauchais.

— Allistair, hurlai-je en m'étranglant.

Mes mains enroulèrent ses cuisses de chaque côté de moi, agrippant le tissu de son pantalon pour le serrer tout contre moi. Je le sentais contre mon corps, je remuais et me frottais au rythme de ses doigts qui continuaient de me fouiller. Une vague de plaisir parcourut mes muscles qui convulsaient autour de ses doigts. Et dans cette exaltation, je ressentais ce léger tiraillement au fond de moi, comme si quelque chose attisait les flammes pour faire durer le plaisir plus longtemps que jamais avant.

Était-il en train de succomber ? Je n'en étais pas certaine. Je n'avais jamais couché avec un incube alors je ne savais pas à quoi m'attendre, mais la chaleur intense qui me submergea fut la bienvenue.

J'en voulais plus.

Je me collai contre son membre dur et long, faisant glisser mes fesses de haut en bas, tout en essayant d'attraper la bouche de ceinture d'Allistair. Il prit une rapide inspiration, haletant, ce qui fit ronronner la bête. Je tirai sur sa ceinture, mais il se raidit instantanément. Il s'écarta de moi et me poussa loin de ses bras.

—Je...

Les mots moururent sur mes lèvres. Je me tournai pour lui faire face, interdite par son rejet soudain et glacial. Je bataillai pour remonter mon pantalon et le reboutonnai à la hâte.

— Tout va bien. Tu m'as pris par surprise. Je n'ai jamais... peu importe. Le fait est que ça ne se passera pas ce soir.

D'habitude Allistair ne parlait jamais de manière décousue, mais peut-être que je lui faisais plus d'effet que je ne le pensais. Il s'éloigna de la voiture d'un pas tranquille et s'approcha de moi avec hésitation. Cette manière de souffler le chaud et le froid me tapait sur les nerfs. Qu'avait-il dit déjà à propos de s'excuser ?

Oh, oui. *De ne pas le faire.*

S'il voulait se comporter comme un connard, c'était aussi bien que je m'en aille avant qu'il n'obtienne quoi que ce soit de moi. Je croisai les bras sur ma poitrine tandis qu'il levait une main vers mon visage pour caresser mes lèvres de son pouce. Pour ma défense, cette fois-ci je ne répondis pas à son avance.

— Je ne voulais pas...

— Économise ta salive. Je ne t'ai toujours pas pardonné de m'avoir poussée d'une falaise.

Les idées claires et physiquement détendue, je repoussai sa main et me dirigeai d'un pas rapide vers la voiture. Nous ne parlâmes pas en nous installant dans le véhicule ni quand il démarra. Le tableau de bord s'illumina, révélant l'heure. Il était juste après deux heures du matin, et je n'avais aucune idée d'où je me trouvais avec lui. Je jetai un regard noir sur l'étendue devant nous tandis qu'il se mit en route.

— Alors, pourquoi m'as-tu emmenée ici, hein ? demandai-je alors qu'il s'engageait sur l'autoroute.

— Je voulais te montrer où je vais quand je veux me détendre, lorsque les fardeaux de la vie se font parfois trop pesants. J'ai pensé que ça te plairait.

Ses phalanges se crispaient sur le volant, pourtant il gardait une voix égale.

— Tu m'as poussée d'une falaise, bordel. J'ai cru que j'allais mourir...

— Et qu'as-tu ressenti ?

— Je... je ne sais pas, bredouillai-je. Ce n'est pas la question, merde !

— C'est justement ça, la vraie question, répliqua-t-il.

Je lui jetai un coup d'œil prudent. C'était encore un de ses jeux, je le sentais. Il m'embrouillait les idées, mais je devais encore comprendre où il voulait en venir.

— Tu voulais que j'aie l'impression de mourir ? demandai-je d'une voix tremblante.

— Je voulais que tu sois toi, ne serait-ce qu'un instant. La falaise dont je t'ai poussée est l'ancienne entrée des Enfers. Elle a été fermée il y a de cela plusieurs siècles. Le portail n'étant plus actif, il agit comme une boucle de rétroaction. Tu peux sauter aussi souvent que tu le veux, chaque fois il te recrache. Je t'ai emmenée là-bas parce que c'est l'endroit où je vais quand j'ai de grandes décisions à prendre. Le fait de croire que l'on va mourir provoque des réponses instinctives. On se rend compte de ce qui a de l'importance, et c'est la chose la plus libératrice que j'ai jamais expérimentée de toute mon existence.

Libérateur. N'était-ce pas le mot que j'avais utilisé pendant que je tombais ?

Malgré la façon dont il avait agi, il était sincère. Tout à coup la conversation dans la voiture s'accordait à ses actions. Ça n'avait rien de normal, mais ça l'était à la manière que seuls les démons avaient d'appréhender tout ce qui semblait un tant soit peu logique.

— Et ce qu'il s'est passé après ? demandai-je, les joues en feu, mais protégée par l'obscurité.

— Je le voulais, et je prends ce que je veux. Je ne l'avais pas planifié, si c'est ce que tu veux savoir.

— Tu dis que tu prends ce que tu veux...

Je m'interrompis, hésitant sur la façon de poser ma question.

— Oui ?

— Tu me veux parce qu'il faut que tu le fasses ? demandai-je.

Il se raidit à ma question.

— Nous sommes égaux, Ruby. Je ne te veux pas parce que je n'ai pas le choix. JE te veux parce que c'est ainsi. C'est aussi simple que ça. Ne te torture pas les méninges, répondit-il.

— Mais le fait que tu sois un Cavalier de l'Apocalypse ? Tu n'es pas le seul à me vouloir. Est-ce parce que...

— Non, ce n'est pas cela. Notre devoir en tant que Cavaliers de l'Apocalypse ne nous impose pas de lien à moitié surnaturel qui nous ferait tout désirer. Ce que les autres ressentent... Il prononça le mot comme si c'était une insulte... n'a rien à voir avec le devoir. Tout bêtement, nous désirons ce que nous désirons, et en ce moment, tu as toute notre attention.

Je ne savais pas trop si cela me réjouissait ou m'embêtait. Tout comme moi, l'obscurité dissimulait son visage. Je restai silencieuse et m'appuyai contre la portière, quand soudain une pensée traversa mon esprit. Une de ces pensées indomptables et sauvages, à l'image de mes désirs.

Et si je les désirais tous les quatre ?

Ça, c'était vraiment une idée perverse.

Presque aussi perverse que le sourire que m'adressa la bête.

** Allistair **

JE N'AVAIS PAS SU ANTICIPER ses réactions, même en essayant, et croyez-moi, j'avais vraiment essayé.

Elle était totalement soumise, à pousser des petits gémissements. J'aimais les sons qui franchissaient ses lèvres. Je les aimais peut-être un peu trop. Et l'instant d'après, elle me mordait carrément, et ça devenait de plus en plus difficile de ne pas la retourner sur le capot de la voiture. J'avais commencé à rêver de cette dernière situation toutes les nuits.

Elle ne se rendait pas compte combien elle était désirable. Elle ne savait pas que je n'espérais pas sa bouche simplement pour me sucer, pourtant un jour, un jour bientôt... elle le saurait.

Elle s'était presque servie cette nuit, après que je m'étais occupé d'elle. Je l'avais sentie. Son esprit hésitant avait essayé d'accrocher le mien, et je ne pense pas qu'elle s'en soit rendu compte. Si je ne l'avais pas repoussée, elle se serait servie et cela aurait immédiatement déclenché sa transition, et aucun d'entre nous n'est prêt pour ce moment. Même si je souhaitais de tout mon cœur être celui qui l'aiderait dans sa transition, ce n'était pas le bon moment.

Nous ne pouvions absolument pas savoir quelle moitié d'elle ferait surface, ou même si les deux moitiés émergeraient. Ruby la succube, c'était une chose... en prétransition elle était bien plus puissante qu'elle ne le réalisait. Et c'était le résultat le plus souhaitable. Par contre, si la bête sortait du bois, je n'aurais aucun moyen de la contenir. Nos petits préliminaires auraient pu vraiment mal tourner et se transformer littéralement en jeu du chat et de la souris, et elle aurait probablement brûlé la forêt tout entière.

Et pourtant... J'avais failli ne pas l'arrêter.

La bête mourait d'envie d'avoir son premier partenaire, mais elle se retenait. Il n'y avait rien au monde que je désirais plus, à part la protéger. D'elle-même, également.

Quoi qu'il en soit, elle y était presque. Tellement proche. Alors quand l'heure viendrait...

Je serais à ses côtés comme un des partenaires élus par elle, et alors rien ne pourrait m'arrêter, dans ce monde ou dans l'autre.

8

Quelques jours passèrent sans que personne ne parle. Allistair ne fit aucun commentaire à propos de notre trajet en voiture. Moira n'épilogua pas sur l'heure tardive à laquelle nous étions rentrés. Rysten ne demanda pas ce qui avait changé ni pourquoi j'étais redevenue normale. Laran ne commenta pas la façon dont je les avais chassés, et puis Rysten me suivit. Quant à Julian, il fit comme si de rien n'était lorsqu'il me regarda, pourtant je ressentais une attirance grandissante qui luttait tous les jours contre ses émotions les plus sombres. Je ne parlais jamais de la jalousie dans son regard quand les autres venaient me chercher, car il n'avait jamais rien fait dans ce sens. Je n'avais pas à m'immiscer dans ses pensées intimes simplement parce que je savais lire ses sentiments.

Chaque jour, un d'entre eux me demandait si j'avais décidé d'emménager. Malgré le manque d'isolation dans ma maison, je répondais tout le temps évasivement. Une partie de moi était tentée, mais mon caractère indépendant me freinait, et pour le moment ils acceptaient cette excuse. Et ça me suffisait.

Je terminai à peine de nuancer la couleur sur l'épaule d'un client quand j'entendis le carillon de la porte.

— J'arrive dans un instant, lançai-je en posant l'aiguille à tatouer.

Après trois séances et plus de dix-huit heures, le haut du dos de mon client était terminé. La pièce centrale d'où commençait tout le motif était constituée d'une montre à gousset magnifiquement tracée. Je m'étais inspirée de celle de son grand-père dont il avait hérité lorsqu'il était enfant. Des entrelacs de boucles et de spirales s'en échappaient et étendaient leurs branches par-dessus son épaule et autour de son bras.

Ce client était le petit-fils d'un horloger qui était devenu mécanicien. J'avais incorporé son amour des voitures et autres clés à molette dans le dessin et le résultat était époustouflant. C'était les projets que je préférais, car ceux-là avaient une signification. Je fixais mes tarifs assez hauts pour tenter de dissuader les gamins qui, depuis une dizaine d'années, souhaitaient le prénom de leur petite amie sur le torse ou encore la dernière nouveauté à la mode. C'était du travail facile, mais ça n'était pas gratifiant. Pas ainsi.

— Attendez, j'attrape un miroir, lui dis-je.

Pour toute réponse, l'homme d'âge mûr grogna. Je fis le tour de la cabine et saisis un de mes miroirs de taille moyenne. Je le tins à un angle dans le dos de l'homme pour qu'il puisse voir le reflet du petit miroir dans le grand qui se trouvait en face de lui.

— C'est parfait, dit-il.

Des larmes s'accumulèrent au coin de ses yeux, mais je fis comme si je ne les remarquais pas. Je bandai son tatouage en énumérant les instructions pour en prendre soin. Il me laissa un gros pourboire et me remercia pour mon travail.

Alors que je l'escortais vers le paravent qui nous séparait de la réception, ma poitrine se serra. Un homme aux cheveux châtain foncé et aux yeux bleus et vides m'attendait. Je lui souris timidement en remettant à mon client une brochure d'informations sur les soins pour entretenir son tatouage, puis le regardai sortir.

— Salut, John. Ça fait un bout de temps, dis-je en me penchant sur le comptoir pour donner l'illusion d'être détendue.

Alors qu'en vérité, il n'en était rien.

John était le meilleur ami de Josh. Il était tout ce qu'il y a de logique et direct, tout comme Josh l'était... avant que tout arrive.

John hocha la tête et respira avec profondeur et lassitude. Les cernes sous ses yeux m'indiquaient la raison de sa visite.

— Ça fait plaisir de te voir, Ruby. Tu as l'air... en forme.

Ses yeux scrutaient mon visage. Je ne savais pas s'il voulait se montrer sarcastique ou bienveillant.

— Je vais bien. Que puis-je pour toi, aujourd'-hui ? demandai-je pour aller droit au but.

Il respira à nouveau bruyamment, ce que je pris presque pour un soupir de soulagement. Peut-être n'était-ce que de la déception. Je me coupai du monde et ne lus pas ses émotions. C'est ce qui me mettait toujours dans l'embarras pour commencer : cette envie de les réparer.

Je savais pourquoi il était là, et il n'y avait aucun moyen de réparer cela. Je n'avais que des mensonges à offrir, pour gagner du temps.

—Josh a disparu, annonça-t-il.

À la différence de Kendall, il n'était nullement question de gérer le sempiternel conflit avec la petite-amie-effondrée-qui-est-aussi-une-traînée-sadique. John était seulement John. C'était un homme simple qui se comportait sans aucune arrière-pensée.

— J'ai su.

— Écoute, je… je sais que tu t'en fiches probablement. Il t'a trompée, et vous vous êtes séparés. Ensuite il est devenu obsessionnel et a commencé à se comporter comme un taré… Je veux dire, je suis désolé, Ruby. Je suis désolé pour toutes les conneries qu'il a faites. Je lui ai dit qu'il avait tort, mais il s'en fichait. Il a juste pété les plombs… mais aujourd'hui il a disparu, dit-il en déglutissant, jouant sur ma corde sensible. Tu n'as aucune raison de t'en soucier. Tu es même probablement aux anges, et je ne t'en voudrais pas. Pas après ce qu'il m'a raconté, pourtant il faut que tu comprennes qu'au fond, ce n'est pas une mauvaise personne. Il est tout simplement… humain.

Humain.

Étrangement, on revenait toujours à cela. Je n'en voulais pas à John pour ce que Josh m'avait fait, pas plus que je ne m'en voulais. Ils étaient tous pareils. Comme si admettre ses défauts était un trait de caractère inhérent aux humains et une excuse pour se comporter comme un monstre.

Je n'étais pas en colère après John, mais je commençais à comprendre ce qu'Allistair voulait dire.

Ils étaient humains, mais moi, non.

Mes cordes sensibles tendues au maximum, je les coupai, me détachant ainsi non pas tant de l'humanité, mais de toutes les notions d'être quelqu'un que je n'étais pas.

— Je ne sais pas quoi te dire, John. Je comprends que tu es son ami, mais il a fait des trucs très graves. Je ne sais pas où il est, et ce qu'il fait, et je ne veux pas le savoir. Je voudrais juste que tout le monde me laisse hors de cette histoire, que je puisse guérir.

Ce n'était qu'une demi-vérité, et de vrais mensonges, mais cela suffit. John hocha la tête pour acquiescer et commença à reculer pour s'en aller.

— Bien entendu. Je suis désolé, je n'aurais pas dû venir. J'ai seulement...

Il s'interrompit et inspira profondément. Chaque trait de son visage était marqué de douleur, et Josh n'avait disparu que depuis six jours. Ce connard ne méritait pas un ami tel que John. Il ne méritait pas d'être regretté. Je me le répétais lorsque j'avais intimé à Rysten de le tuer et je continuerais de me le répéter jusqu'au jour de ma mort.

John s'arrêta à la porte et se retourna.

— Je suis désolé pour tout. Je pense que je dois te prévenir. Kendall raconte beaucoup de choses à ton sujet en ce moment même. Elle a des photos et des vidéos, et Dieu sait quoi d'autre. Je ne sais pas ce qu'il s'est passé, ou même si cela a quelque chose à voir avec toi. J'espère pour toi que non.

Ce furent les dernières paroles qu'il prononça avant de franchir ma porte.

J'attendis jusqu'à voir sa voiture s'éloigner avant de me préparer à partir. Moira était absente pour l'après-midi, elle était restée à la maison pour s'occuper de la fenêtre, et aucun des gars ne m'observait au grand jour, alors je ne pouvais jamais être trop prudente.

Je m'emmitouflai dans deux sweat-shirts avant d'attraper mon sac pour braver le froid. Aujourd'hui le ciel était d'un mélange de bleu céruléen et de bleu arctique : des couleurs si vives et frappantes dans un ciel immaculé. C'était le premier jour de la semaine qu'il ne pleuvait pas, aucune neige fondue et aucun grésil. J'allais en profiter au maximum.

Je fermai le salon et descendis à quelques pâtés d'immeubles. Le vent hurlait en s'engouffrant dans les ruelles, portant dans son sillage des feuilles mortes et des nuages de poussière. Les magasins colorés et les petites rues faisaient partie de ce que je préférais à Portland. Des antiquaires, des librairies de livres anciens, des galeries d'art, et tout le reste. Dans les rues en face des commerces, des musiciens parsemaient la chaussée et jouaient de tout un panel d'instruments... généralement avec tellement de talent qu'ils faisaient honte aux plus grands musiciens. Encore une preuve que le succès n'est pas toujours associé au talent ou à l'adresse.

Au bout du pâté d'immeubles des food trucks étaient garés autour d'un parc, si proche les uns des autres que certains d'entre eux n'avaient même pas la place d'installer une personne entre eux. Les senteurs de poisson frit, de kebab, de nems et de tacos me chatouillaient les narines et j'inspirai profondément en salivant, tout en traversant la foule vers une camionnette de l'autre côté du parc.

Lorsque je m'approchai de ma camionnette de cuisine thaïe préférée, une personne s'éloignait juste du comptoir. La femme qui prenait les commandes me sourit.

— Ça fait un moment. Vous devenez quoi? me demanda-t-elle.

— Toujours pareil. Les affaires marchent super

bien, ce qui rend difficile de s'éloigner du magasin, répondis-je en haussant les épaules. Le mensonge était sorti avec naturel, et elle hocha la tête en guise d'assentiment.

— Je vous mets comme d'habitude, alors ?

— Oui, s'il vous plaît.

Je payai comptant et me déplaçai de l'autre côté du trottoir pour patienter pour ma commande. Des gens de tout âge et de toute nationalité continuèrent à circuler. Aujourd'hui il y avait beaucoup de monde, vu le nombre de gens qui étaient sortis avec leurs enfants. De l'autre côté de la rue se trouvait un parc où l'on pouvait s'installer. La plupart des gens y apportaient leur nourriture les jours comme aujourd'hui, quand il faisait beau. Les parents laissaient leurs enfants courir après les pigeons. Des hommes et des femmes sortis pour courir prenaient leurs chiens avec eux et s'y arrêtaient pour faire une petite pause. Même les étudiants se rassemblaient sur les marches en béton, leurs écouteurs aux oreilles et leurs livres grand ouverts devant eux.

Je ressentis un léger picotement sur ma nuque. Quelque chose clochait dans cette image. Les gamins, les parents, les chiens, les gens : tout cela collait. Je n'arrivais pas à mettre le doigt dessus, mais quelque chose me semblait bizarre. C'était presque comme...

C'était presque comme si l'on m'épiait.

— Ruby ! m'appela la fille au comptoir. Alors que je m'avançai, je le remarquai enfin, dans un coin de mon champ de vision.

À cette distance, c'était difficile de les identifier. Ils portaient des vêtements passe-partout et une capuche noire.

Sous cette capuche, j'aurais juré avoir vu un œil m'observer.

Aussi rouge qu'un rubis.

Je pris ma nourriture et retournai rapidement à l'endroit où je me trouvais auparavant pour voir si je pourrais avoir une meilleure vue.

Qui que ce fût, ils avaient déjà disparu.

9

Je quittai le magasin plus tôt que d'habitude le vendredi, en m'assurant de bien verrouiller la porte et de surveiller les alentours en sortant. Personne n'était venu depuis qu'Allistair m'avait déposé et je voulais profiter qu'il fasse encore jour pour rentrer chez moi. Je me sentais paranoïaque depuis ce que j'avais vu hier et la bête avait recommencé à s'agiter fébrilement.

Perché sur mon épaule, Bandit s'accrochait à moi du mieux possible à travers mes couches de vêtements. Il faisait un froid à vous glacer jusqu'aux os et le vent soufflait fort. Au-dessus de ma tête, une tempête se préparait, noyant les cieux de ténèbres profondes et menaçantes. La météo sur mon téléphone annonçait des chutes de neige, mais le sol n'était pas assez froid, ça se transformerait en neige fondue dès le matin. En rentrant dans ma voiture, je notai mentalement de me souvenir de mettre des bottes de pluie pour me rendre chez Martha demain.

Le moteur se mit en route poussivement, mais resta en marche une fois allumé. Ma voiture aimait le froid autant que moi. J'allumai le chauffage et indiquai la corbeille pour chien que j'avais installée sur le siège passager. Bandit sauta de mon épaule dans le panier moelleux. Il se recroquevilla sur lui-même et se mit à ronronner dès que la chaleur commença à se diffuser. Je levai les yeux au ciel et sortis du parking.

Je fis une halte au Little Big Burger pour y commander à dîner au drive. Je passai le reste du trajet à essayer d'éloigner Bandit de ma nourriture. Ce satané raton laveur se fichait bien que je sois en train de conduire ou même que ce soit *ma* nourriture. Non, il était obsédé par mes frites aux truffes. Je lui en donnai quand même une avant d'arracher le sac hors de sa portée, sourde à ses piaillements de protestation tandis qu'il grignotait et engloutissait les frites aussi vite que possible. Au vu des regards qu'il me lançait, on aurait pu croire que j'allais lui voler l'unique frite que je lui avais donnée.

— Espèce d'ingrat petit panda glauque, marmonnai-je en m'engageant dans l'allée.

J'ouvris la portière en grand et Bandit sauta dehors pour se précipiter vers la porte d'entrée, une demie frite pendant de sa gueule.

Au bout de trois secondes, il se mit à pousser de petits cris stridents, car je n'allais pas assez vite à son goût. Je jurai entre mes dents en approchant de la porte, protégeant mon dîner de tout prédateur. Je connaissais son petit jeu. Dès que j'aurai ouvert la porte, il se précipiterait sur ma nourriture, m'attaquant jusqu'à me faire presque tomber jusqu'à ce que je la lâche.

Pas le temps de jouer, boule de poils.

Je tournai la clé dans la serrure et ouvris la porte, les deux bras autour du sac de frites à la manière d'un défenseur au football. Bandit s'engouffra rapidement à l'intérieur pour échapper au froid, et je le suivis.

—Vous avez une décoration intéressante.

La nourriture m'échappa des mains et Bandit se précipita sur mon épaule en laissant échapper un petit cri.

— Que faites-vous chez moi ? demandai-je, tandis que la bête en moi jetait un coup d'œil vers la démone du Voodoo Doughnut.

Elle était presque comme dans mon souvenir. Des dents acérées. Des griffes vernies. Ses cheveux blancs en queue de cheval qui semblaient avoir été trempés dans de la teinture mauve.

— Je te rends une petite visite, car nous devons avoir une conversation... *sans* tes gardes du corps, répondit-elle avec sourire effronté.

À ce moment, la bête surgit.

— Parle.

Ma voix était aussi froide que celle de Mort. Aussi sombre que Famine. Aussi enragée que Guerre. Impitoyable comme Peste. La démone anonyme inclina la tête, un éclair de peur traversa son cœur. Ce n'était qu'une braise, mais c'était suffisant pour la bête.

— Tu te souviens, quand nous nous sommes rencontrées, je t'ai interrogée à propos des démons qui avaient été tués devant la discothèque ? demanda-t-elle lentement.

La bête ne répondit pas et je continuai à la fixer, le visage de marbre.

— Je recherche le démon barbare qui les a tués. Il appartient à mon maître. Ce même démon est après toi.

Elle me dévisageait, attendant une réponse de ma part. Elle se trompait de Ruby, si c'était ce qu'elle voulait, et elle s'y était prise de la pire des façons. La bête n'avait d'indulgence que pour très peu de personnes, et même lorsqu'elle en faisait preuve, ce n'était jamais par amour. Tout n'était qu'une question de possession et de désir. Avec tous les autres, un seul sentiment pouvait être considéré comme une émotion, et c'était la colère.

— Tu souhaites nous dire quelque chose en particulier ? lui demanda la bête.

La démone ne semblait pas avoir de mauvaises intentions, mais elle était tout de même entrée chez nous par effraction, ce qui était une raison suffisante pour ne pas faiblir jusqu'à ce qu'elle s'en aille.

— Je souhaiterais vous aider à attraper ce démon, répondit-elle d'une voix beaucoup moins assurée que lorsqu'elle était entrée.

— Pas intéressée.

— Comment ça, *pas intéressée* ? insista-t-elle.

Elle fronça ses sourcils blancs en me dévisageant. Je ne voulais pas m'en mêler. Les Cavaliers de l'Apocalypse trouveraient le moyen de gérer le lutin, ou elle les prendrait de vitesse. Cela n'avait pas vraiment d'importance pour moi, du moment qu'il reste en dehors de ma vie.

— Je n'ai pas confiance en toi. Il y a quelque

chose que tu ne nous dis pas. Dégage à présent, ou tu vas mourir, rugit la bête.

La démone blêmit et serra les lèvres.

— Tu le regretteras. J'ai des informations, dit-elle doucement.

La bête n'en avait rien à foutre. Je levai la main et claquai des doigts. Des flammes bleues jaillirent.

Merde alors !

Je commençai à légèrement paniquer et tentai de me précipiter pour éteindre l'incendie. Elle gardait fermement le contrôle et n'était pas prête à l'abandonner avant que l'autre démone ne soit partie.

— Tout a un prix. Je n'ai aucune envie de payer pour des demi-vérités qui ont toutes les chances de me coûter la vie. Dégage.

Ces dernières paroles étaient un ordre de la bête, et une supplique venant de moi. Je voulais qu'elle s'en aille avant que l'autre entité décide de la brûler avec ce qu'il restait de ma satanée maison. Elle me lança un regard, ferma la bouche et franchit la porte d'entrée.

Nous la regardâmes à travers la fenêtre toute neuve, elle leva les yeux vers le ciel. Les nuages se déchirèrent et la pluie se mit à tomber à verse. Elle resta debout là, un temps qui sembla une éternité.

Puis elle disparut.

Les flammes dans ma main s'éteignirent à l'instant même où je repris possession de mon propre corps. La bête s'effaça tranquillement et ne se manifesta pas le reste de la soirée. Je nettoyai mon dîner étalé sur le béton. Le temps qu'elle parte, il était déjà froid. Il n'en restait que des taches de graisse sur le sol nu.

Je passai trente minutes à me demander si je devais sortir acheter un autre dîner, et un chauffage d'appoint par la même occasion. Je venais de me décider lorsqu'on frappa à la porte. Je saisis la batte de baseball qui se trouvait dans ma penderie et allai ouvrir.

— Qui est-ce ? demandai-je.

— Tes Cavaliers préférés, répondit Rysten.

J'entendis un bruit sourd derrière la porte.

— J'ai apporté de la compagnie et de la nourriture, poursuivit-il.

Je regardai par le judas et souris devant le spectacle. Rysten, la main appuyée contre le chambranle de la porte, arborait un air des plus décontractés. Près de lui, Julian se tenait à l'écart, stoïque. Il tenait un sac en papier dans une main et fixait son frère d'un air suspicieux. Je posai la batte derrière la porte et ouvris en affichant un grand sourire.

— Te voilà enfin, chérie, lança Rysten avec un sourire chaleureux.

Il précéda Julian et m'accompagna dans mon propre salon, puis dans la cuisine, laissant son frère avec la nourriture sur le seuil, sous la pluie battante.

— Tu as parlé de nourriture ?

Je me retournai pour regarder le sac en papier lorsque Julian entra à grands pas dans la cuisine. Il était doué pour paraître impassible, cependant sa contrariété irradiait de lui.

— Ça gèle chez toi, commenta Julian en vidant le sac.

— C'est un peu mieux depuis qu'on a remplacé la vitre, répondis-je d'une voix désinvolte.

— Et l'isolation du salon ? demanda-t-il.

Sa question était un peu trop pressante en fait. Pas vraiment un ordre, mais ce qu'il sous-entendait ne faisait aucun mystère.

— Moira a rencontré les ouvriers hier. Nous comptons discuter de nos options ce week-end, répondis-je sèchement.

— Si vous aménagiez chez nous vous n'auriez plus à vous en inquiéter, poursuivit-il.

Je fronçai les sourcils et coinçai ma langue dans ma joue. Avant qu'ils n'arrivent, je me demandais si je devais leur envoyer un message pour leur expliquer ce qu'il venait de se produire avec la démone du Voodoo Doughnut. À présent je n'en étais plus certaine, vu que Julian ajouterait cela à sa liste d'arguments pour que je devienne dépendante des Cavaliers de l'Apocalypse, et disparaisse de la vie pour être plus rapidement encore la Reine désignée qu'il voulait tant que je sois.

Rysten me caressa doucement le bras et fit un geste vers la table bancale qui se trouvait devant nous.

— Pourquoi ne mangerions-nous pas? Nous pourrons discuter de votre déménagement plus tard, suggéra-t-il.

Julian fit ce petit tic de la mâchoire qu'il faisait lorsqu'il était en colère, mais nous nous installâmes tous et fîmes comme s'il n'y avait aucune tension dans l'air. Rysten se pencha en avant et entreprit de retirer les couvercles des plats. Dès que je sentis l'odeur du Pad Thaï aux crevettes je me mis à saliver.

— Est-ce bien ce que je crois que c'est? demandai-je en tendant la main vers le plat savoureux.

— Pad Thaï aux crevettes numéro cinq de chez E-San, répondit Rysten avec un petit sourire satisfait.

Cela me rappela le petit sourire d'Allistair lorsque je lui avais dit que son thé était parfait.

— Tu es le meilleur, fredonnai-je entre deux bouchées de nouilles fumantes.

À peine eus-je prononcé ces mots que la tempête qui couvait en Julian empira. Les quatre Cavaliers de l'Apocalypse avaient le même problème, ils laissaient leur puissance prendre le dessus. J'avais appris à comprendre que cela était partiellement dû au fait qu'ils n'y pouvaient rien. À l'instar de la bête qui luttait contre moi, leur puissance était juste trop importante pour être contenue. Le fait que Rysten avait essayé pour moi, était une attention touchante, et, étrangement, un peu effrayant qu'il réussisse à le faire. Je pensais que c'était également dû au fait qu'ils avaient agi ainsi si longtemps qu'ils n'y prêtaient plus attention. Au contraire de moi, qui découvrait toute la dynamique de cette puissance, eux vivaient avec depuis des centaines d'années. Ils n'avaient jamais eu à la maîtriser.

Le problème était qu'elle coulait en moi et teintait mes propres sensations. Un peu comme en ce moment.

Je gardais les lèvres scellées pour éviter de dire quoi que ce soit, mais le mal était fait. Ma bonne humeur s'était envolée. Je remis le couvercle sur mon dîner et l'écartais de moi. Les coudes sur la table, je joignis mes mains. Ils posèrent tous deux leurs fourchettes et me fixèrent avec curiosité.

— Quelque chose ne va pas, chérie? me demanda Rysten.

Mon cœur s'emballa un peu plus et le sang bourdonna dans mes oreilles.

— Devons-nous vraiment parler?

La question s'adressait à Julian afin de lui faire comprendre de manière peu subtile qu'il fallait qu'il crache ce qu'il avait sur le cœur ou bien qu'il se calme.

— Tu es sortie cet après-midi? répondit Julian.

Était-il en train d'éviter ma question? Il ne pouvait pas être si stupide et ne pas comprendre ce que je voulais dire. Peut-être que changer de sujet était sa manière de me dire qu'il arrêtait ses conneries.

—Je suis rentrée directement après le travail.

Ils se regardèrent. Pas besoin d'être voyante pour se rendre compte qu'ils se parlaient en silence.

— Quelque chose est arrivé? demandai-je lentement.

Rysten soupira et quitta son frère des yeux. Il se pencha derrière lui, fouilla dans sa poche arrière et en retira un morceau de papier plié.

—Qu'est-ce que c'est? demandai-je.

Rysten me le tendit sans un mot.

— Déplie-le, dit Julian.

Je passai les doigts sur les arêtes et dépliai la feuille de papier. Je ressentis de l'appréhension en arrivant à l'ultime pli, et mes doigts se figèrent. *Que pouvait-il y avoir sur cette feuille qui les rendre si tristes ?*

Il n'y avait qu'un moyen de le savoir.

Je dépliai la feuille.

Je compris instantanément.

JUSTICE POUR JOSH était inscrit en gras et en majuscule.

Il y avait aussi une photo de son visage.

Mais ce n'était pas tout.

Il y avait mon visage ainsi que la photo qu'elle m'avait montrée quelques jours plus tôt. Il y avait aussi une date et l'heure ainsi qu'une adresse internet pour obtenir plus d'informations.

Elle déclarait pratiquement que je l'avais fait.

Quoi qu'il soit arrivé.

Je passai mes doigts sur les plis du papier et les enregistrai dans ma mémoire. Je ne dis rien, prenant le temps d'intégrer cela.

— Où avez-vous trouvé ça ? murmurai-je enfin.

— Elle en a affiché partout en ville, répondit doucement Rysten.

Je ne voulais pas lire la pitié dans ses yeux, mais c'était trop tard. Ni la culpabilité ou l'autodévalorisation dans ceux de Julian. Peut-être avais-je mal interprété la réaction de Julian. Peut-être pas. Ça n'avait pas la moindre importance à cet instant précis.

— Vais-je être arrêtée ? demandai-je.

Cette pensée aurait dû plus m'effrayer.

— Non. Allistair a déjà pris la liberté de parler à la police en ton nom. Tu as un alibi, et puisque les photos ont été obtenues illégalement, elles ne sont pas recevables.

Rysten savait exactement quoi dire. Il était si gentil. Si bienveillant.

Peut-être était-ce pour ça que ce que j'entendais le plus, c'était ce qu'il ne disait pas.

Je ne serai pas arrêtée, mais le sang va couler.

— Comment a-t-elle seulement obtenu cette photo ? poursuivis-je.

Poser des questions. Obtenir des réponses. C'était tout ce qui m'importait à cet instant. Une chose après l'autre.

— Nous ne le savons pas encore. Au moment où nous parlons, j'ai mis en route un programme qui espionne le système de sécurité de la discothèque pour découvrir qui a eu accès à cette cassette vidéo, répondit Rysten.

Je hochai à nouveau la tête, car un hochement de tête valait mieux que des larmes. Hocher la tête c'était au moins agir. Cela signifiait que j'essayais au moins d'obtenir des réponses et de continuer à vivre.

Pleurer aurait voulu dire que je m'effondrais, et ces gens... ces humains... ils ne valaient pas la peine que craque. Josh était mort. Le mal était fait. Pourtant, étrangement, c'était toujours à moi de payer le prix.

Il y a toujours un prix à payer. N'était-ce pas ce que la bête avait dit ?

Était-ce le prix que je devais payer pour me venger ? Pour décider d'abréger mes propres souffrances ? Pour choisir de ne pas être une victime, mais une survivante ?

Tous mes sentiments avaient disparu quand John était venu me voir. Je n'avais plus que les légers battements de mon propre cœur, la force de mes membres, et mon courage pour aller de l'avant.

Pour survivre.

Mes doigts se refermèrent sur le papier, le froissant en une boule. Ma bête déclencha le feu dans mes veines et des flammes bleues surgirent. Le papier s'embrasa d'un bleu cobalt, puis se décomposa en cendres noir obsidienne. Je me levai de mon siège, jetai la poignée de cendres à la poubelle, me lavai les mains puis regagnai ma chaise à la table bancale que j'avais achetée chez Goodwill trois ans auparavant.

Je tendis la main et retirai le couvercle en plastique. L'odeur du Pad Thaï aux crevettes n'était plus aussi appétissante, mais je m'en fichais. Je n'en laisserai pas la moindre miette.

Car, pour la seconde fois cette semaine, j'avais fait le choix de ne pas laisser cela me définir. Le choix que cela ne me briserait pas. Le choix de ne pas avoir peur.

Je sais qui je suis, et Kendall peut dépeindre le portrait de moi qu'elle veut.

J'en avais marre de m'inquiéter.

10

Je fus tirée d'un sommeil de plomb par la sonnerie de Moira « Fergilicious ».

— Quoi ? répondis-je d'une voix rauque.

J'avais une haleine de chacal.

— Ne viens pas au salon aujourd'hui.

Je m'assis d'un bond.

— Pourquoi ? Que s'est-il passé ? demandai-je en balançant mes pieds hors du lit.

J'enclenchai le haut-parleur et posai mon téléphone sur la table de nuit pendant que je m'habillai à la hâte.

— C'est Kendall. Je suis sérieuse, Ruby. Ne viens pas. Tu n'as pas besoin de gérer cette merde, soupira-t-elle au téléphone.

Moira n'attendit pas ma réponse. La communication fut coupée.

Et puis merde !

Je n'allai pas rester tranquille à la maison et la laisser tout gérer comme si j'étais une petite chose fragile. J'étais Ruby Morningstar, bon sang, mais aujourd'hui j'étais le karma.

Je me brossai les dents et nourris Bandit en un temps record avant de sortir en courant, m'arrêtant uniquement pour vérifier que mes chaussures allaient ensemble une fois dans la voiture. Mes doigts tremblaient en agrippant le volant. Je pris une profonde inspiration. *Tu peux le faire.*

Trois minutes après le coup de fil je sortis de l'allée. À mi-chemin, j'eus l'impression que tous les feux rouges de cette satanée ville se liguaient contre moi.

— Bordel, vas-tu changer, grognai-je.

Malgré mes plaintes, je n'avançai pas plus vite. Après dix minutes d'angoisse dans ma voiture, je m'engageai enfin sur le parking derrière le Blue Ruby Ink.

En dépit du froid, j'avais les mains moites en retirant la clé du contact. J'ouvris la portière d'un coup et je courus dans la ruelle, ne m'arrêtant pas une seconde pour reprendre ma respiration. Mon cœur battait la chamade dans ma poitrine tandis que je courais vers mon salon, m'arrêtant net devant le spectacle.

Je ne savais pas vraiment ce que je m'attendais à découvrir, mais ce n'était certainement pas une foule de manifestants.

Une cinquantaine ou une soixantaine de personnes étaient rassemblées devant le salon, hurlant des horreurs à Moira qui tentait d'arracher toutes les affichettes de la vitrine. Ce n'était pas seulement quelques affichettes, elles recouvraient l'intégralité de la devanture du salon, collées aux vitres par la pluie. Il y en avait plus à ses pieds en un tas de bouillie d'au moins quinze centimètres de haut. La foule lui hurlait des injures, la traitait de meurtrière et de traînée.

Et au milieu de tous ces gens, se tenait Kendall.

Ses cheveux blonds étaient mouillés sous le crachin. Elle portait sa tenue de femme bien propre sur elle, en robe et collants malgré la température glaciale. De là où je me trouvais, je n'arrivais pas à voir son visage, mais j'imaginais bien son sourire béat. Ou peut-être aujourd'hui avait-elle opté pour l'image de la petite amie éplorée.

Je m'en fichais.

Près d'elle se trouvait une femme avec un micro. Pas un mégaphone.

C'était étrange. Pourquoi avait-elle un micro ? À moins que...

Un homme se tenait en retrait, à quelques mètres, avec une énorme caméra sur l'épaule. Un journaliste. Elle donnait une putain d'interview à un journaliste, racontant au monde comment j'avais tué Josh. Ou kidnappé. Ou torturé.

Après tout ce qu'ils m'avaient fait subir tous les deux, j'aurais voulu le torturer un peu plus longtemps. J'aurais aimé être celle qui l'avait brûlé vif. Tant qu'à être accusée, j'aurais tout aussi bien pu commettre le forfait.

Malgré tout cela, ce ne fut pas ce qui me fit craquer.

Ce fut la pierre que quelqu'un avait jetée.

Ils n'avaient pas jeté la pierre sur mon salon. Oh, non.

Ils avaient visé Moira.

C'était à nouveau comme ce jour au dîner, quand tout avait commencé.

Sauf que cette fois-ci c'était mille fois pire. Cette fois-ci, il n'y avait pas que ma colère. Il y avait aussi la colère de la bête que je véhiculais.

— *Ils doivent tous mourir. Personne ne fait de mal à ce qui est à moi*, fulmina-t-elle.

— Non. Nous n'allons pas les tuer. Ce serait trop facile. J'ai une meilleure idée, lui répondis-je.

J'approchai la foule massée d'un pas ferme, et la contournai pour me poster près de Moira. J'ouvris la porte, ressentant la frénésie qui naissait dans la foule quand ils réalisèrent que j'étais arrivée. Ma meilleure amie me regarda les yeux noyés de larmes.

—Je suis désolée, murmura-t-elle.

Je l'entraînai avec moi à l'intérieur et verrouillai la porte derrière nous.

Ils n'ont pas la moindre idée à qui ils se frottent.

Si j'étais une autre sorte de démon, je les tuerais tous et tout serait réglé. C'était ce que ma part d'ombres désirait après tout.

Mais je n'étais pas ce genre de démon.

J'étais Ruby Morningstar.

Et ils ne me briseraient pas.

J'entraînai Moira dans mon bureau et la fis s'asseoir dans ma chaise. Elle remua dans tous les sens, mais finit par se poser, sous le choc. Je pris une bouteille d'eau dans l'autre pièce et lui apportai avant de l'ouvrir et de la poser sur le bureau devant elle.

— Bois ça, lui dis-je en m'agenouillant.

J'avais un coffre-fort derrière mon bureau. La plupart des gens pensaient que c'était là que se trouvait l'argent, vu que souvent on me payait en espèce. En fait, j'y conservais plusieurs choses en cas d'urgence. Une de ces urgences étant si nous nous faisions cambriolées. Je gardais l'argent sur un compte géré par Moira, mais les voleurs n'en savaient rien. Comme si j'allais garder tout cet argent ici.

— Que vas-tu faire ?

— Ce que j'aurais dû faire la première fois qu'elle m'a cherchée.

Moira ne dit rien lorsque je mis le masque à gaz et pris un petit jerrican dans le coffre. Je le pris sur mon épaule et me relevai. Je posai le pistolet à impulsions électriques sur les genoux de Moira et refermai la porte du bureau derrière moi.

— Je vais avoir besoin de ton aide pour ce travail, murmurai-je.

— *Fais-les payer.*

J'ouvris la porte et sortis. Déjà, les gens reculaient, mais pas Kendall. Elle me tournait le dos et continuait son interview devant la caméra. Elle ne se rendrait compte de ce qu'il se passait qu'une fois trop tard. J'esquissai un rapide sourire sous mon masque en posant le jerrican par terre à quelques centimètres de la porte. Deux ou trois personnes tentèrent de fuir en courant.

La bête en moi éclata de rire, car nous n'avions besoin ni d'interrupteur ni de déclencheur.

Nous étions le détonateur.

Je tournai les yeux vers le jerrican, guère plus grand qu'une miche de pain.

Puis il explosa.

J'avais dans la tête le début d'une blague sur les acouphènes dans un épisode de l'Archer Noir. Comme me l'avait dit la bête, elle y mit le feu, rien de plus. Elle me laissait l'occasion de leur rendre la monnaie de leur pièce comme je le voulais, et je lui en fus reconnaissante.

De la poussière et des débris se mélangèrent aux particules de chloroforme dans le crachin qui les dispersait aux alentours. Les émeutiers tombèrent l'un après l'autre, comme mort. Ils tombaient face contre terre. C'était une vision horrible. Si terrible que ça en devenait presque beau. Je me tenais debout au milieu d'eux, avec mon masque à gaz, la pluie mouillait mon sweat-shirt et mes vieilles converses étaient trempées jusqu'aux chevilles à cause des flaques que j'avais traversées en courant dans la ruelle.

C'était pour moi un instant inoubliable, alors

que je me tenais debout, flottante. Moi, seule contre le monde. Mais n'était-ce pas ainsi depuis tout le temps ? J'étais née démone des deux parents et j'avais été élevée comme une humaine, jusqu'à détester ces deux mondes. Oh comme le monde aimait l'ironie.

Je patientai sous la pluie sur le parking jusqu'à ce qu'ils tombent tous, jusqu'au dernier. Le caméraman fut le dernier et j'avais hâte de voir le film des corps qui tombent l'un après l'autre, et moi, debout au milieu d'eux comme la meurtrière que j'étais.

Si j'avais voulu qu'ils meurent, ce serait fait. C'était aussi simple que ça.

Il n'y avait aucune explication que j'aurais pu fournir qui aurait pu redorer ma réputation. Pas après ça. J'en pris conscience en avançant, ignorant le bruit de succion que faisaient mes chaussures détrempées et mes chaussettes à tordre. Je me baissai et éteignis la caméra avant d'en retirer la carte multimédia en donnant un coup de pied.

Honnêtement, mon coup de pied ne changea pas grand-chose, mais je me sentis mieux.

Je mis la carte dans ma poche et me tournai vers Kendall.

Ses cheveux blonds étaient étalés sur l'asphalte sale. Les pointes étaient tachées de noir et ses vêtements maculés de boue, mais hormis cela, elle était indemne.

J'inspirai profondément par le nez, inhalant la poussière et la moisissure accrochées au masque. Et voilà, le moment où je laissai ma marque était arrivé.

— *Ils ont fait du mal à Moira*, me rappela la bête.

Ces simples mots suffirent à me décider pour que j'attrape les pieds de la femme pour la tirer à l'intérieur.

La journée allait être longue, et je ne faisais que commencer.

LES CIEUX s'ouvrirent cet après-midi-là et les averses qui tombèrent faisaient sombrer dans le néant tout ce qui se trouvait au-delà d'un mètre. C'était agréable de jouir d'un peu de calme pour travailler. Je me doutais que plus rien ne serait pareil après aujourd'hui, mais je m'en inquiéterais demain.

Pour le moment, c'était l'heure de la revanche.

Et j'étais là pour réclamer mon dû.

Moira était assise près de moi sur son tabouret préféré, elle se rongeait les ongles en me regardant.

— Tu ne peux plus faire machine arrière. Tu en

es consciente, par vrai ? me demanda-t-elle pour la dix-septième fois.

J'acquiesçai d'un signe de tête en approchant l'aiguille à tatouer du visage de Kendall.

Elle avait passé presque deux mois à me harceler pour quelque chose dont je n'étais pas responsable. La plupart des gens me diraient de me comporter en adulte, de ne pas répondre à la provocation. De me contenter d'appeler les flics et de les laisser gérer cela.

À cela je répondrais :

Que les gens comme Kendall, à l'instar de moi, se fichaient des règles. Sa famille avait la police dans leur poche. Elle jouait son petit jeu avec moi depuis si longtemps que j'avais compris qu'elle n'avait aucune intention de me faire arrêter. Si je me faisais interpeller, tout ceci cesserait d'un coup. Elle n'aurait plus personne à blâmer, et sans personne à accuser comment pourrait-elle continuer à jouer les victimes ?

La réponse était simple : elle ne le pouvait pas.

Elle avait besoin de moi. Si tout à coup je disparaissais, elle ne pourrait plus me harceler, déclencher des émeutes, tenter de m'accuser de meurtre ou d'être responsable d'une disparition dont elle ne savait rien. Elle déchirerait toutes les affichettes elle-même, si elle savait ce qu'il lui était réellement arrivé, car personne, pas même elle, ne risquerait sa peau si elle savait ce que les Cavaliers de l'Apocalypse faisaient à ceux qui me faisaient du mal.

Josh avait eu ce qu'il méritait.

Et à présent, c'était au tour de Kendall.

J'allais lui offrir ce dont elle avait toujours rêvé. J'allais la rendre si méconnaissable sous les rides et le monosourcil artificiel que les gens s'occuperont d'elle et la plaindront pendant des années, comme elle le désirait tant. Elle allait devenir la belle femme de vingt ans et quelques qui avait perdu son visage à cause d'un jeu pervers.

Un jeu où se mêlaient mensonges et vérités.

Un jeu qu'elle aurait dû mieux mener.

Un jeu que je n'allais pas perdre.

Pas cette fois-ci.

Les plis autour de ses yeux formaient à présent des pattes d'oie, même au repos. Ses joues étaient molles et son teint cireux, des tâches de vieillesse mouchetaient son visage. Ses sourcils étaient constitués de poils blancs, blonds et marron qui, non seulement allaient ensemble, mais dont elle ne se libèrerait jamais, même en ayant recours à la chirurgie pour les enlever. Pas avant que sa peau ne vieillisse et ne se ride vraiment.

Rysten avait peut-être tué Josh, mais le monde ferait bien de se rappeler qu'il existe des punitions pires que la mort. Étant une démone qui avait grandi parmi les humains, je les avais étudiés suffisamment longtemps pour connaître leurs faiblesses, pour comprendre ce qui les motivait, pour finalement... les détruire.

Sauf que je ne voulais pas détruire le monde.

Je voulais seulement prendre ma revanche.

Je posai l'aiguille sur la table près de nous et tamponnai l'encre fraîche. Le visage de Kendall qui respirait autrefois la jeunesse ressemblait à présent à celui d'une femme de quatre-vingt-dix ans avec son monosourcil et quelques poils au menton. Lorsqu'elle se réveillerait et découvrirait ce que j'avais fait, elle ferait tout son possible pour y remédier. J'appliquai des bandes sur son visage avec la même douceur que lorsque je m'occupai des autres clients. Je pris même la liberté de demander à Moira de fracturer sa voiture afin qu'elle puisse dormir au sec le temps que les effets du chloroforme s'estompent.

Quelle délicate attention.

— Peux-tu m'aider à la déplacer ? demandai-je à ma meilleure amie à la peau verte.

Moira avait cessé de trembler peu de temps après que j'eus traîné le corps à l'intérieur du salon.

Petit à petit, elle redevenait la banshee suspicieuse qui anticipait à outrance.

— Je ne peux pas vraiment refuser. Nous sommes déjà allées trop loin, répondit-elle en soupirant de manière théâtrale. Mais mettons-nous d'accord : tu es vraiment folle ! Ça m'arrive de hurler et de frapper, mais je n'ai jamais fait quoi que...

— Elle a dépassé les bornes, aujourd'hui et maintenant je m'assure qu'elle ne songe plus jamais à le faire. Traite-moi de folle ou de rancunière. Je m'en fiche. Je suis comme je suis, je ne veux plus m'en excuser.

Je haussai les épaules et m'adossai au petit dossier de ma chaise. Mon dos craqua à plusieurs reprises et je lâchai un grognement de soulagement.

Des bras chaleureux s'enroulèrent autour de mes épaules et me serrèrent fort. Je voulus ouvrir les yeux, mais je ne voyais rien à cause de la masse de cheveux vert foncé devant moi.

— Je suis fière de toi, me dit Moira les lèvres contre mes cheveux.

Sa voix était étouffée et écorchée, par les larmes qu'elle refoulait.

— Bon, déplaçons cette connasse avant qu'elle ne se réveille.

Je souris pour la première fois de la journée. En

dépit de tout ce qu'il s'était passé, j'avais accompli ce que j'avais promis de faire. Je n'avais pas craqué. Je n'avais pas hésité. J'avais relevé le défi et j'étais convaincue de l'avoir battue à son propre jeu.

Moira et moi nous séparâmes et je fis comme si je ne remarquai pas les larmes dans ses yeux qu'elle essuya discrètement.

— Tu sais, je te déteste un peu quand tu me fais pleurer, marmonna-t-elle.

Je gloussai entre mes dents.

— Est-ce ta façon à toi de me demander de prendre les bras? dis-je en déplaçant la table à roulettes où je rangeai mon matériel hors du passage.

— Et risquer qu'elle se retourne et me morde si elle se réveille? Non merci.

Moira se dirigea au fond de la cabine et attrapa les chevilles de Kendall. Elle ne bougea pas.

— Prête? demandai-je en saisissant les poignets.

— Prête.

Nous la fîmes glisser de la table et avançâmes lentement vers la porte d'entrée. À ma grande surprise, elle était lourde pour quelqu'un d'aussi fin. Ce n'était sûrement pas dû à ce qu'elle avait dans le crâne. Ça devait venir de ses seins.

Nous avançâmes péniblement jusqu'à la porte

sans la lâcher, même si je lui cognai *accidentellement* la tête une fois ou deux en sortant.

Sa voiture était garée à une quarantaine de mètres, ce qui était plutôt chouette à part pour la pluie. Heureusement, je l'avais anticipé et avais retiré mon sweat-shirt pour l'enrouler autour de son visage. J'espérais qu'elle ne s'étouffe pas pendant les quatre-vingt-dix secondes qu'il nous fallut pour traverser le parking.

La pluie et le vent me frappèrent de plein fouet, et mes claquements de dents se transformèrent en une véritable symphonie. La pluie détrempa mon tee-shirt léger, offrant à la vue de tous les tétons les plus durs du monde. Heureusement, personne ne passa. J'étais certaine qu'ils n'auraient même pas remarqué mes tétons, alors que nous transportions péniblement un corps vers la voiture de Kendall.

Je tins ses deux poignets d'une main, et ouvris d'un coup sec la portière côté conducteur, avant de l'ouvrir en grand avec mon pied pour que Moira puisse glisser les pieds en premier. Je ne savais dire si c'était une chance que nous l'ayons déjà fait, ou si cela signifiait qu'il fallait que nous trouvions des passe-temps moins illégaux.

Je glissai une main autour d'une de ses fines épaules, fis entrer le reste de son corps dans l'habitacle et redressai sa tête avant de retirer mon sweat-shirt. Elle avait toujours les yeux fermés et ses bandages étaient secs. Par contre, pour mon tee-shirt c'était une autre histoire. Je ne tentai même pas d'enfiler le vêtement dégoulinant, car je risquai plus d'être gelée avec ça sur le dos, que sans.

— On a terminé ? cria Moira pour couvrir le bruit de la pluie.

— Une dernière chose, répondis-je en retirant les mèches de cheveux mouillés de mon visage.

Moira haussa les sourcils et je sortis un marqueur indélébile couleur argent de ma poche arrière.

— Qu'est-ce que...

Elle s'interrompit tandis que je me penchai à l'intérieur de la voiture pour écrire un message sur son volant.

— Oh.

— Oh. Tout à fait, dis-je avec un petit sourire narquois en rebouchant mon feutre.

Moira referma la portière de la voiture et se mit à glousser avec malice.

— Tu sais Ruby, parfois je me dis que nous étions faites pour nous rencontrer.

Elle me prit par la taille et me serra contre elle. Je fis glisser mon bras nu sur ses épaules et nous rejoignirent tranquillement le Blue Ruby Ink, le cœur léger, sous la pluie.

Certains jours j'aimais être moi, d'autres moins.

Mais je faisais mon maximum en choisissant d'être heureuse en affrontant la tempête.

II

J'avais envoyé Moira faire une course et avais fermé le salon très peu de temps après. À présent j'étais blottie dans mon allée, appréhendant la dizaine de mètres qu'il me faudrait marcher pour passer de l'habitacle chaud de ma voiture à mon salon où j'étais à quatre-vingt-dix pour cent sûre qu'il faisait moins quatre degrés.

Et ça ne risquait pas d'être résolu rapidement au vu des devis que Moira avait obtenus. Nous gagnions bien notre vie au Blue Ruby. Pas des sommes incroyables, mais suffisamment pour vivre et sortir faire la fête une fois par semaine... jusqu'à l'incident au Pandora Box. Après ce qu'il s'était passé aujourd'hui, je n'étais pas sûre que cela serait encore le cas.

J'avais pris des mesures préventives pour éviter tout problème légal en demandant une faveur à un de mes amis policiers. En vérité, il me devait un sacré service, aussi m'étais-je dit que le temps était venu de réclamer mon dû. Il ne réussirait pas à me protéger longtemps, mais il pourrait au moins me donner du temps avant qu'ils ne viennent me harceler de questions. Cependant, Kendall avait déjà nui à ma réputation. J'avais fait exploser une bonbonne de gaz et mis KO des gens. Oui, les affaires allaient exploser. Nan !

J'aimais beaucoup ma maison et tout ce qu'elle représentait pour moi. Je l'avais achetée à vingt ans avec l'argent que je gagnais grâce à mes tatouages. Cela semblait peut-être n'être pas grand-chose, mais pour moi c'était tout. Ça voulait dire que moi, Ruby Morningstar, une fille qui avait eu des difficultés au lycée, pouvait quand même réussir dans la vie. Je n'avais pas suivi la voie normale et n'étais pas entrée à l'université. J'avais subvenu aux besoins de Moira en nous procurant un toit pendant qu'elle étudiait.

Ma vie changeait. Beaucoup plus vite que je ne le souhaitais.

Et je ne savais pas trop où la maison, le salon, et même moi nous situions dans ces changements.

Quelque chose devait se passer si je voulais survivre à cela.

Les doigts engourdis et le cœur lourd, je tendis la main vers le siège passager pour sortir mon téléphone de mon sac. Je fis défiler les contacts et appuyais sur « appeler ».

Ça sonna une fois.

— Ruby ? Ça va ? Où es-tu ?

Oh mince, Julian avait l'air en colère. J'aurais peut-être plutôt dû appeler Rysten.

— Oui, ça va. Écoute, je...

— Où es-tu ? Je suis à ton salon. Dehors, il y a tout un tas d'humains qui se réveillent et semblent souffrir d'amnésie. Aucun d'entre eux ne paraît savoir pourquoi ils sont là.

— Ils sont... Je... Je t'expliquerai tout quand tu arriveras, dis-je dans un soupir. Je t'ai appelé pour te dire que je suis à la maison. Je fais mes cartons. Moira et moi allons emménager cette semaine.

— Est-ce lié à ce qui ressemble aux débris d'une bombe que je viens de nettoyer avant que quiconque ne les voie ?

Et merde. Je savais bien que j'oubliais quelque chose.

— Je plaide le cinquième amendement.

— Hmmm. Fais tes cartons. Je t'envoie Laran,

répondit-il.

La communication s'interrompit.

Je lançai un regard noir vers la pluie en rangeant mon téléphone avant de gravir les marches glissantes. La pluie me transperçait sans pitié, sans se soucier du fait que j'étais déjà trempée jusqu'aux os et totalement glacée. Les éléments pouvaient ainsi se montrer incontrôlables et impitoyables.

En arrivant en haut des marches en bois ancien, je remarquai que quelque chose n'allait pas. La porte d'entrée était légèrement entrouverte. Comme si quelqu'un l'avait refermée à la hâte et que le loquet s'était mal enclenché. Je ne l'aurais même pas remarqué si les rafales ne l'avaient fait légèrement bouger.

Je réalisai que la voiture de Moira n'était pas devant la maison.

Quelqu'un avait pénétré chez moi, ou bien s'y trouvait encore.

Face au dilemme « se battre ou fuir », mon cœur battait la chamade dans ma poitrine. M'enfuir ou rentrer, cette question n'était que pure rhétorique, car j'avais atteint mon quota de conneries pour la journée, il y avait déjà six heures de cela.

Je bombai le torse, avançai de deux pas et levai le pied pour frapper au milieu de la porte. Elle ne résista pas à la force de mon pied et du vent qui l'envoya se fracasser contre le mur dans un gros fracas.

Ma hardiesse fut de courte durée.

Ce matin, dans ma hâte de rejoindre Moira, j'avais enfilé les pires chaussures possibles pour affronter la pluie ou des marches glissantes. Je perdis l'équilibre, mes pieds chassèrent et je me vautrai. Mes fesses heurtèrent violemment le sol et une douleur fulgurante me traversa de part en part.

Non. Non, ce n'était pas censé se passer ainsi, bon sang.

Je tombai en vrac, les membres enchevêtrés et les fesses et mon ego blessés.

— Eh bien, voyez-vous ce que la pluie nous apporte.

Je plissai les yeux pour distinguer à travers le rideau de pluie deux démons qui me toisaient. Ils arboraient des sourires cruels qui tranchaient totalement avec leur beauté éthérée. Comme beaucoup de démons, leur charme éblouissant flirtait avec l'horrible et le magnifique.

— Qui êtes-vous ? Et pourquoi êtes-vous chez moi ?

Je mis dans ma voix la nuance parfaite d'incertitude et de désespoir. Je savais très bien jouer les victimes, et cela venait en partie du fait que j'étais réellement terrifiée. J'avais la peau moite et mes membres tremblaient de fatigue. J'inspirai profondément, lourdement, et mes poumons criaient à l'agonie.

Au fond de moi, je sentais quelque chose qui s'agitait, mais je la retins.

— Écoute-la donc parler. Elle est courageuse cette petite, fit remarquer la femme.

Ses dents brillaient, noires comme de l'onyx. Génial. Non seulement ils sont du genre condescendant, mais en plus j'étais certaine que leurs dents acérées pouvaient occasionner beaucoup de dégâts.

— Lydia, ne la contrarie pas, la pauvre. Contentons-nous de rentrer et de faire le travail, lâcha l'homme.

Faire le travail ? Bon sang, c'était censé signifier quoi ?

La nénette répondant au nom de Lydia se pencha et me saisit le biceps de sa main aux ongles affûtés comme des griffes. Je fronçai les sourcils et lui donnai un coup de pied. Elle tenta de se rattraper pour ne pas tomber en avant, mais je la frappai à la poitrine, et la fis tomber au sol près de moi. Je fis rouler mon corps sur le sien, la chevauchai pour la maintenir au sol en lui écrasant la jugulaire de mon avant-bras.

— Espèce de connasse, lâcha-t-elle en s'étranglant.

Je serrai plus fort.

— Qui es-tu ? hurlai-je.

Elle sourit froidement et je sentis l'appréhension croître en moi. Des bras puissants me saisirent par les épaules et me séparèrent d'elle. Je luttai contre l'homme tandis qu'il me portait à l'intérieur de ma propre maison, et me battais également contre ma propre angoisse qui grandissait. Il fallait que je reste calme afin de réussir à leur soutirer des informations sans libérer la bête involontairement. Cela finirait en bain de sang, et très certainement que j'incendierais la moitié de Portland.

Je préférerais ne pas donner à la police des raisons supplémentaires pour m'arrêter ou de finir sur la liste des criminels les plus recherchés par le FBI.

L'homme ne relâcha pas sa prise avant de m'avoir entraînée à l'intérieur de la maison. La femme nous suivit et referma la porte derrière elle.

— Sale petite sauvageonne. Tu m'as eue par surprise. Je vais aimer celle-là, Ryku, dit-elle avec malice en souriant.

Je la regardai avec le regard le plus nonchalant possible, ce qui la fit glousser.

— Contente-toi de faire le boulot, que nous soyons payés, lui répondit l'homme derrière moi.

— Et si je voulais le faire un peu traîner ? dit-elle d'une voix innocente.

Elle fit la moue en le regardant d'un air aguicheur.

C'est quoi ce bordel ?

—Je ne sais pas trop, Lydia... Il y a quelque chose de pas clair. Elle n'est pas comme les autres.

Bien que son anglais soit presque parfait, on y décelait une once d'accent étranger. Je n'arrivais pas à mettre le doigt sur...

— Oh ? Comment serait-elle alors ? demanda Lydia en croisant les bras sur sa poitrine.

Le tissu noir moulait parfaitement ses courbes, et son geste relevait sa poitrine d'une manière qui aurait pu sembler nonchalante.

— Je ne sais pas. Elle a l'odeur d'une succube, pourtant il y a quelque chose d'autre que je n'ai jamais senti auparavant. *Quelque chose* d'ancien. Comme une vieille magie.

J'inclinai légèrement la tête tandis que les pièces du puzzle se mettaient en place. La femme me dévisagea avec méfiance, et je compris immédiatement que ce regard n'avait rien à voir avec leur travail, mais avec ma sale habitude d'attirer tous les hommes.

— Eh bien, dans ce cas, pourquoi ne l'étriperions-nous pas pour voir ? Le lutin a dit qu'il paierait double si nous la faisions souffrir.

Malgré son ton flegmatique, il y avait dans son regard du mépris. Elle fit un geste vers l'étui qui se trouvait à sa ceinture et en sortit un poignard. Ce n'était pas un simple poignard. Le manche était très usé. Si je n'avais pas aperçu l'éclat de la lame, j'aurais pensé qu'ils n'étaient que des tueurs à gages. Mais jamais je n'avais entendu parler de tueurs à gages utilisant une lame noir obsidienne sertie de runes d'un bleu cobalt scintillant.

Oh non. Il ne s'agissait pas de tueurs classiques.

Ils n'étaient même pas des démons.

— Vous êtes des chasseurs de démons, murmurai-je.

Nous avions tous entendu les histoires chuchotées sur les chasseurs de démons. Les faucheurs de magie. Nous savions que ce n'était pas une légende, pourtant je n'avais jamais rêvé d'en rencontrer un jour.

— En chair et en os, répondit-elle.

La femme sourit en soulevant sa lame cérémoniale et en la faisant tourner dans sa paume.

— Envoyés ici pour me tuer, poursuivis-je en déglutissant.

La bête me fixait, me pressant en silence d'en finir au plus vite avec mes questions. Elle n'aimait pas la vue de ce couteau. Et je ne pouvais pas lui donner tort.

— Le lutin a payé un bon paquet, cash, dit-elle en souriant.

Oui, tu m'étonnes.

— Lydia..., grogna l'homme derrière moi.

Il s'impatientait. J'aimais l'impatience. Cela rendait les gens idiots. Imprudents. Étendue à terre, je la regardai en souriant. Ils étaient plus nombreux que moi, et je n'étais pas armée. Mes genoux me faisaient mal, mes bras tremblaient encore, mais je n'avais pas peur.

— Avez-vous seulement réfléchi à pourquoi il vous a envoyé plutôt que de venir lui-même? lui demandai-je.

C'est à ce moment précis que les rôles semblèrent s'inverser.

Elle plissa les yeux et fit un pas en avant. Tout à coup, un cri à vous glacer le sang retentit au bout du couloir.

Oh non. Je vous en prie, faites que ce ne soit pas ce que je crois que c'est.

Elle leva le poignard pour se défendre quand Bandit surgit du couloir.

— NON ! hurlai-je.

Le temps se figea. Je n'arrivai pas à me concentrer. Je n'arrivai pas à penser. Pourtant, je voyais tout ce qu'il se passait. Comme une surcharge sensorielle.

Un coup de feu retentit et ma fenêtre neuve vola en mille morceaux. Le reflet de mon visage en mille bris de verre me fixait.

Mes yeux bleus devinrent soudain noirs.

Je ne remarquai le changement qui s'était opéré que lorsque la bête surgit. Le seul désir de sauver Bandit, qui s'était jeté courageusement sur cette connasse pour me sauver, avait servi de déclencheur.

— Tu aurais dû écouter ton acolyte, grogna ma bête.

Des flammes bleu marine et bleu amiral jaillirent à ses pieds, se courbant vers l'intérieur pour lécher sa chair. Au fond de moi, j'eus un mouvement de recul devant le spectacle horrible du feu qui gagnait en force et transformait sa peau en cendres, mais la bête regardait sans broncher le moins du monde. Des crevasses noires et inégales apparurent, se répandirent sur ses jambes, sur son torse, jusqu'au bras qui tenait le poignard, et ainsi de suite. Ces horribles entailles se creusaient, s'ouvraient et un liquide couleur saphir luisait à l'intérieur. Sa lame magique échappa de ses doigts morts et cliqueta en tombant au sol tandis que son corps éclata en un nuage de cendres claires.

Bandit se lança sur la statue de cendres au moment où elle explosa. Il atterrit au milieu de la pièce, frappant comme un forcené tandis que je me tournai vers l'homme derrière moi.

Sauf... qu'il était déjà mort.

D'une balle entre les deux yeux. Comment cela s'était-il produit? Je n'en avais pas la moindre idée. À part que cela avait probablement un lien avec l'explosion de ma fenêtre. Quelqu'un lui avait tiré dessus, mais n'était pas resté attendre le grand final.

La bête comprit cela en quelques secondes. Elle chercha le signe d'un battement de cœur, bien que la moitié de sa cervelle et de son sang recouvre le mur du salon. Lorsqu'il n'y eut plus que le bruit de nos battements de cœur et la toux de Bandit, elle se tourna vers la fenêtre pour chercher d'où venait le coup de feu.

Qui que ce soit, il avait disparu depuis longtemps.

Le seul indice était l'éclat argenté au loin.

12

La porte de mon salon s'ouvrit d'un coup sec et la bête se retourna, main levée, prête à donner la mort.

— Ruby, lâcha Laran.

Il laissa échapper un soupir de soulagement lorsqu'il me vit debout au milieu des débris. Mais ce n'était pas sa Ruby qui le regardait, et après la promesse qu'avait faite Julian de me protéger, elle n'était contente du comportement d'aucun d'entre eux.

Laran avança de deux mètres dans la pièce avant de s'arrêter net. Bandit se précipita vers lui et se mit à tirer sur son jean. Il agissait ainsi quand il voulait qu'on le porte. Cela signifiait-il qu'il l'appréciait ? Ou était-ce parce qu'il avait vu quelque chose que Laran n'avait pas remarqué ? Il ignora mon raton laveur et posa son regard sur moi, ou plutôt sur ma bête. Elle ancra son regard dans le sien comme un chat joue avec une souris.

— Eh bien, dis-moi, Guerre. Combien faut-il de Cavaliers de l'Apocalypse pour protéger une seule femme ?

Aucun doute possible. Elle était *furieuse*.

La seule chose qui le sauvait, c'était qu'elle le considérait comme sa propriété. Nous l'étions tous d'une manière ou d'une autre. En ce qui concernait Moira et Bandit, l'amour que je leur portais lui procurait ce sens du devoir. Elle les protégeait pour moi.

Pour Laran et les Cavaliers de l'Apocalypse, cela tenait plus du désir et de la possessivité. Elle les possédait, car ils lui appartenaient. Ça avait toujours été le cas. Ils avaient été créés pour nous. Ils étaient les seuls hommes qui avaient une chance, et ceux qui se rapprochaient le plus d'un partenaire. Sauf que nous en avions quatre.

— Que s'est-il passé ici ? demanda-t-il.

Aucune humilité dans sa voix, et elle ne savait pas si elle appréciait cela ou non. Il avait parlé avec plus de colère que Julian n'avait jamais osé en s'adressant à elle, mais il était Mort. Que pouvait donc avoir en lui Guerre qui lui donna le sentiment d'être invincible ?

Elle sourit.

— La réponse est aucun, car c'est le nombre que vous étiez quand elle avait besoin de vous, ironisa l'entité.

Laran serrait et desserrait ses poings.

S'il te plaît, je t'en prie, ne te lance pas dans un duel avec Guerre.

Je priai, mais pas Dieu. Oh non, elle n'accepterait jamais ce genre de prières de la part de la fille du Démon.

En cela, elle était tout aussi rancunière que lui.

Je dirigeais mes prières vers moi, car ici sur terre, à présent que Satan était mort... ma bête était la seule personne qui pouvait encore m'écouter.

— Je ne savais pas qu'elle était en danger. J'aurais...

— Tu aurais quoi ? Accouru à la hâte ? Couru plus vite ? Fais en sorte de ne pas être aussi négligent, pour commencer !

Le sang battait dans mes tempes, et mon cœur ralentissait. Rythmé comme des tambours. Mon corps se préparait à la bataille, mais ce n'était pas moi qui commandais. Elle avait le contrôle total.

Elle avança de trois pas vers lui et à mesure que

la distance entre eux se réduisait, son désir grandissait. Il semblait que nous n'avions que très peu de maîtrise lorsqu'ils étaient concernés. Moi aussi, la plupart du temps, je voulais les embrasser ou les étrangler. Elle avait les mêmes idées que moi, mais plus détaillées.

— Je ne vais pas m'excuser, car les mots ne veulent rien dire, seules les actions comptent.

Il n'y avait aucune vantardise dans ses propos. Il avait parlé d'une voix douce, même si Guerre ne connaissait aucune douceur. Que des vérités brutes qui pouvaient être mordantes tout autant qu'elles pouvaient guérir.

La bête l'appréciait pour cela. Elle trouvait sa vérité rafraîchissante, mais pas suffisamment pour pardonner.

—Fais-toi pardonner, ordonna-t-elle.

Ses yeux sombres passèrent d'une teinte onyx à une nuance profonde d'un bourgogne. Il laissa tomber ses bras le long de son corps quand elle réduisit encore l'espace entre nous et posa délicatement sa main sur son torse. Un cœur battait sous le tissu fin de sa chemise.

—Ruby...

Mon prénom résonna comme une prière. Peut-être était-ce une supplique. Mais je n'étais pas celle qu'il devait apaiser, même s'il le souhaitait ardemment.

— Ne me suis-je pas fait comprendre ? Fais-toi pardonner.

Le ton de la voix qui franchit mes lèvres était plus gelé qu'un hiver sibérien. Laran ne tremblait pas, ne reculait pas. Il ne se déroba pas non plus à son ordre. Il resta raide comme un piquet lorsqu'elle enroula sa main dans sa chemise, froissant le tissu pour l'attirer plus près d'elle. Elle ressentait le conflit qui l'animait. Une tempête couvait avec tant d'énergie. Un besoin, un désir, un désespoir d'être brûlé par elle. Par moi. Il n'était pas comme Julian qui dissimulait ses désirs ni comme Allistair qui me provoquait constamment. Il était excité et passionné, et ses sentiments étaient aussi confus et brûlants que les miens.

Ses lèvres se dessinaient devant nous, alors elle n'hésita pas.

Ma bouche s'écrasa contre la sienne. Brûlante et sauvage. Elle enroula ma main sur sa nuque pour le tenir fermement tandis que mes lèvres faisaient céder les siennes. La chaleur me submergea comme la mousson, impitoyables dans les sensations qu'elle me procurait tandis que je cédais au désir.

Laran me saisit par la taille et me souleva de

terre. Instinctivement, j'enroulai mes jambes autour de sa taille, son sexe poussant contre moi. Il me porta avec assurance, se frottant à chaque pas contre mon bourgeon gonflé de désir. Je me frottai contre le renflement entre ses jambes tandis que ses mains glissaient de ma taille vers mes fesses, enfonçant ses doigts dans ma peau.

Je me mis à ronronner, un roulement rauque gorgé de désir, alors que la bête se jetait sur lui sans aucune hésitation. Je... Je ne maîtrisais rien, pourtant je pouvais ressentir chaque mouvement. Chaque grattement de mon jean contre mon clitoris. Chaque coup de langue quand il essayait de me dévorer tout autant que la bête tentait de le dévorer. À tous égards, c'était moi, mais sans aucune réserve.

Je me révélais, consciente que mon esprit serait tiraillé par l'hésitation si j'étais seule aux commandes. Tout cela était très libérateur, de bien des façons, et la bête le savait.

Mon corps cogna dans une surface dure et ferme, mais Laran poursuivit son chemin et un énorme craquement résonna lorsque la porte se fracassa. À ce moment-là je me fichais de ce que nous détruisions. Rien ne m'importait quand nous nous écroulâmes sur le lit. Il commença à s'écarter, mais je déchirai sa chemise sur son torse.

Un grognement rauque s'échappa de sa gorge tandis qu'il me mordait la lèvre. Violemment. Je sentis le doux goût du cuivre dans ma bouche. Il interrompit son baiser au moment où je me mis à haleter, inspirant l'air frais. Ses mains se faufilèrent sous mon sweat-shirt trempé et effleurèrent mes côtes en le faisant glisser par-dessus ma tête, retirant du même geste mon tee-shirt.

Je me cambrai à son contact. Il était tellement différent d'Allistair et son besoin de dominer. Ou de l'attentionné Rysten, qui cherchait mon plaisir. Et même de Julian qui portait en lui tant de douleur que j'en voulais toujours plus.

Laran voulait déclencher mon embrasement, et se consumer avec moi.

Je relâchai mon étreinte et laissai tomber mes jambes au bord du lit, de chaque côté de lui. Il promena ses lèvres sur mon corps à demi nu, ma peau sensible offerte à la fraîcheur ambiante. Sans me demander ce que je souhaitais, il entreprit de retirer mes bottines et se débarrassa en un temps record de mes chaussettes et de mon pantalon. Il les arracha en grognant, et la bête souriante s'assit pour le regarder faire.

Laran s'agenouilla devant moi, vêtue seulement de mon soutien-gorge et de ma culotte. Mes jambes pendaient au bord du lit et nous étions au même niveau quand il fit un geste pour dégrafer mon soutien-gorge d'un pouce expert. Les bretelles se détendirent sur mes épaules et les bonnets découvrirent mes seins avant de finir par terre près de nous.

Il enroula son bras musclé autour de ma taille et m'attira à lui. Son torse nu se frottait contre ma peau et il m'enlaça dans un baiser ardent. Il s'écarta, faisant traîner ses lèvres brûlantes le long de mon cou, lentement, parsemant son chemin de petites morsures.

Je ne comprenais pas ce qu'ils avaient tous avec les morsures, pourtant je ne voulais pas qu'il arrête.

Je sentis en moi un long gémissement, mais la bête garda le silence. Il plongea la tête plus bas pour prendre mes tétons entre ses dents. Immédiatement, une vague de plaisir irradia dans mes cuisses et je me frottai contre lui, m'arc-boutant pour lui laisser la voie libre. Il grogna d'approbation et poursuivit sa descente tandis que la bête s'allongeait sur le dos, appuyée sur un coude, pour le regarder.

La plastique parfaite de Laran était parsemée de cicatrices sombres et discrètes. La peau n'était ni gondolée, ni étrangement déformée, mais merveilleusement lisse, même si ses histoires passées marquaient son corps. Comme cette marque rouge qui dépassait de son jean. De là où je me trouvais, elle ressemblait à une sorte de nœud fait de feu. Bientôt mon attention fut dissipée, lorsqu'il entreprit de promener son nez le long de ma poitrine, sur mon ventre, jusqu'au triangle de coton entre mes cuisses.

Il inspira mon odeur avant d'embrasser mon sexe à travers le fin rempart de tissus. Les sens submergés, je ne pouvais parler, mais je ne voulais pas que cela cesse.

Elle releva mes pieds au bord du lit, cambrant mes hanches pour lui, pour qu'il comprenne ce qu'elle voulait. Il grogna, souffla une douce chaleur au travers de ma culotte vers la partie la plus sensible de mon corps. Mon bassin se contracta, hors de son ou de mon contrôle.

— Dis-moi qu'elle le veut, gronda-t-il entre mes cuisses.

Je soufflai de plaisir, et la bête le fixait.

— Elle et moi ne sommes qu'une : les deux revers d'une médaille.

— Ce n'est pas ce que je t'ai demandé, protesta-t-il en me mordillant l'intérieur des cuisses.

Il saisit ma petite culotte d'une main ferme et

l'arracha, dévoilant les plis de ma peau, mûrs de désir.

— Satisfais-nous toutes les deux, et tu le sauras, répondit-elle en agitant mon bassin sous son nez.

Hésitant, il regardait la bête exposer mon corps. *Notre corps.* Elle n'était pas humaine, et il était inconcevable pour elle que Laran ne la satisfasse pas. Peut-être s'en rendit-il compte, ou peut-être n'était-ce que son propre désir qui le consumait.

Il entrouvrit mes replis et souffla une fois sur mon renflement charnu avant de le prendre entre ses dents et de le sucer avec avidité. La bête ronronna en agrippant ses cheveux. Il se baissa un peu plus, bougeant ses mains sur mes cuisses pour me saisir fermement. Il écarta mes jambes et se pencha pour caresser ma peau de son nez.

— C'est comme si ton odeur était faite pour moi, murmura-t-il.

La bête haussa les sourcils en le regardant, impatiente qu'il continue. Laran gronda et inclina la tête sur le côté pour sucer l'intérieur de mes cuisses. La bête ne disait rien, mais mon cœur s'emballait dans ma poitrine. Laran me mordillait la peau en descendant le long de mes cuisses, elle laissa échapper un gémissement.

— Tu me taquines, Guerre, souffla la bête d'une voix hésitante.

J'avais la voix enrouée... sa voix... ce qui lui indiquait à quel point j'étais sensible à ce qu'il me faisait.

Les doigts de Laran serrèrent mes jambes tandis qu'il remontait le long de mes cuisses en me mordillant et léchant mes chairs humides et offertes. Sans prévenir, il força sa langue en moi, écartant mes cuisses sur le lit pour dévoiler mon intimité.

Je me cambrai sous les vagues de plaisir qui me poussaient à me frotter contre lui, arc-boutant le bassin à chaque coup de langue. Il introduisit deux doigts en moi tout en mordillant mon renflement, et les agita d'avant en arrière tandis que je me resserrai et palpitait contre lui. Alors que mon corps se mettait à trembler, il retira sa main et fit glisser son bras sous moi pour caler mes hanches et les rapprocher de sa bouche. L'orgasme m'envahissait et mon corps se courbait de manière incontrôlable pendant qu'elle coinçait mes jambes sous ses bras et faisait glisser mes mains de ses cheveux vers ses épaules. Juste avant que ça ne se produise, je compris ce qu'elle allait faire, mais c'était déjà trop tard. Laran s'écarta d'à peine un cheveu lorsque mes paumes se mirent à brûler et incendièrent nos corps comme une traînée de poudre.

La pression et la fulgurance de la douleur se mêlaient et déclenchaient l'orgasme alors que Laran prenait mon clitoris en bouche pour le sucer. La bête s'effaça instantanément, me poussant à crier mon plaisir pendant que mon corps se tordait et répandait son plaisir sur le lit, entre nous.

L'extase fut lente et incroyable. Même une fois terminé, je me retrouvai à bout de souffle, tremblante comme après un effort physique, interdite. Je dégageai mes jambes de sous ses bras et tentai de me retourner, mais Laran agrippa mes jambes et les maintint allongées puis se leva pour s'agenouiller sur moi. Son regard brûlait d'une lueur intense qui m'aurait excitée à nouveau si je n'avais pas aperçu ce qui ornait désormais ses épaules.

— Laran, je...

— Voulais-tu de moi ? m'interrompit-il.

La sincérité dans sa voix me bouleversa.

— Oui, mais...

— Dans ce cas, ne t'excuse pas, répliqua-t-il.

— Quoi ? l'interpellai-je à la limite de l'hystérie.

— Je sais que ça a l'air grave pour toi...

— Mais c'est sacrément grave. Regarde-toi ! le coupai-je sèchement.

Tous les désirs et les choses dont nous voulions parler restèrent en suspens, car le bruit d'un claquement de porte à l'autre bout de la maison nous fit sursauter.

— Que s'est-il passé ici ? hurla Julian.

Et merde...

Je me dégageai de sous Laran en un temps record et enfilai mon peignoir à l'instant même où Julian apparut, furieux. Il s'arrêta juste avant d'arriver à la porte brisée dont les morceaux jonchaient le sol. Je croisai mes bras sur ma poitrine et fixai le plafond dans le silence qui nous enveloppait. Je ne le regardai pas, car ce n'était pas nécessaire. Julian passa de l'inquiétude au désespoir, pour finir choqué et en colère. La politesse aurait voulu qu'il ignore ce qu'il s'était passé entre Laran et moi, qu'il me laisse m'habiller, ou même qu'il se renseigne à propos des corps ou de la fenêtre brisée.

Mais, se comporta-t-il ainsi ?

Oh que non.

— Pourquoi Guerre porte-t-il ta marque ? demanda-t-il au lieu de cela.

Humain ou démon, la jalousie n'allait à personne.

Mais bon sang, comme j'étais douée pour la provoquer.

** Laran **

Elle m'avait marqué.

Maintenant, deux pentagrammes identiques à celui qui se trouvait entre ses seins ornaient mes épaules. À part qu'ils étaient noirs et non bleus. Ils luisaient faiblement dans la clarté du soir qui passaient par sa fenêtre. Ils tournoyaient, bougeant d'une manière inhabituelle pour des marques.

Je suivis les contours du bout des doigts, mais la peau était intacte.

De la magie ancienne.

Même plus vieille que moi.

Je la balayai du regard, désirant plus que tout la toucher. Elle m'avait fait le plus beau cadeau que l'on pouvait me faire. Le plus grand honneur.

J'étais le premier partenaire.

Et elle se sentait coupable de l'avoir fait.

Je me sentais submergé d'un sentiment de possessivité et d'exclusivité, je voulais tabasser Mort à cause de ce qu'il faisait. Ce connard était jaloux de ne pas avoir été choisi. Cela aurait très bien pu être le cas s'il n'avait pas eu un balai dans le cul et qu'il avait pris le temps de lui parler.

Il n'avait pas besoin de la faire se sentir coupable.

Je m'approchai d'un pas, ses yeux saphir irradiaient de chaleur.

C'est ça, bébé. Viens vers moi.

Je tentai de lui parler par la pensée, de frôler son esprit fragile. Il fallait encore qu'elle développe une forme de télépathie, et j'aurais aimé qu'elle en soit capable.

Oh comme j'aurais aimé qu'elle puisse le faire. Les choses que j'allais lui faire dès que j'en aurai l'occasion... une fois que je me serai débarrassé de Julian.

— Guerre ! hurla Julian.

Son cri me pénétra jusqu'aux os, pourtant aucun mot n'avait été prononcé. Je le regardai à la dérobée.

— *Bordel, qu'est-ce que tu fous ? Tu ne vois pas que je suis en plein...*

— *Elle n'a pas encore fait sa transition, espèce d'imbécile !*

Il ne criait jamais. Il ne haussait jamais la voix. Tout au long de notre longue existence, je ne me souvenais que des rares fois où c'était arrivé.

Le ton de sa voix me glaça le sang.

Elle n'avait pas initié sa transition. Même après m'avoir marqué, elle n'avait pas commencé sa transition, pourtant elle en avait le parfum. Le temps ne jouait pas en notre faveur, et je venais de compliquer beaucoup la situation et ça risquait d'exploser.

Car je ne pourrais plus rester loin d'elle à présent.

C'était déjà assez difficile de ne pas courir et m'agenouiller devant elle.

De lui donner tout ce qu'elle méritait.

Elle m'avait revendiqué et avait fait de moi le premier partenaire de la prochaine reine, pourtant je ne pouvais en profiter.

Merde.

13

— Eh bien... elle n'était pas très contente que vous m'ayez laissée sans protection, et nous avons eu un petit problème pour la faire coopérer...

La bête soufflait au fond de moi, elle ronronnait comme un putain de chaton après ce qu'elle venait de faire.

Oui. Un petit problème qui n'était rien que le sommet de l'iceberg.

— La bête.

Julian fit à nouveau cette chose avec sa mâchoire.

— Elle l'a marqué ? demanda-t-il.

Je hochai la tête pour acquiescer d'un air coupable.

Julian ne dit rien en nous regardant l'un après l'autre, affichant un visage impassible.

Étrangement, je ne pensai pas que comme moi, Laran croyait à sa comédie, mais bon. La plupart du temps il me regardait à peine, agissant comme si je ne l'intéressais pas. Ce n'était pas mon boulot de démêler ce merdier. Je refusai de me sentir coupable. Si je devais m'en vouloir, c'était pour Laran, celui que j'avais marqué.

— Eh bien. J'imagine que nous devrions discuter de ce qu'il s'est passé avant et qui a mené à *cette situation*.

Il se mit entre Laran et moi, il y avait un tas de vêtements à nos pieds, une petite culotte déchirée et une chemise en lambeaux. Je ravalai ma réponse, comme quoi rien de tout cela ne serait arrivé avant leur venue. Ça ne servait pas à grand-chose. Accuser les autres ne menait à rien.

— Par quoi aimerais-tu que je commence ? Avec le rassemblement que j'ai trouvé devant mon salon ce matin, ou alors sur l'attaque dont j'ai été victime en rentrant chez moi cet après-midi.

Je croisai les bras et fixai Julian du regard le plus neutre possible. Il fronça à peine les sourcils sous l'effet d'une légère surprise.

— Commence par la foule, répondit-il.

— S'il te plaît, ajouta Laran.

Je lui souris du bout des lèvres et Julian leva les yeux au ciel.

Tu es tellement humain, Mort.

Je lui fis un rapide résumé de la matinée, passant rapidement le fait que j'avais tatoué le visage de Kendall pour me concentrer sur l'attaque. Laran et Julian restèrent relativement calmes, si ce n'était quelques explosions comme « Pourquoi as-tu fait cela ? » ou « Je n'arrive pas à croire que tu te sois mise en danger, Ruby ». À la fin de mon récit, ils me fixaient tous les deux l'air préoccupé.

— La transition approche à grands pas. Laran aurait dû savoir...

— Va te faire foutre, Mort. Je ne suis pas d'humeur et ça ne te regarde absolument pas, lança Laran avant de sortir en trombe de ma chambre.

— En es-tu vraiment certain ? répliqua Julian, presque en murmurant.

Oh, bon sang, ne pourrions-nous pas simplement aller de l'avant...

Un cri de banshee résonna dans toute la maison, brisant en mille morceaux la vitre de ma chambre. Je me bouchai les oreilles avec mes mains et contournai Julian pour me rendre dans le couloir où Bandit hurlait à la mort avec elle.

— Moira, criai-je sans qu'elle m'entende à cause de ses propres hurlements. Je me cognai violemment contre Laran, le bousculant suffisamment pour l'apercevoir derrière lui. Ses yeux croisèrent les miens et le cri cessa instantanément.

Bandit se précipita vers moi et se mit à gratter mes jambes nues. Je me penchai et le pris dans mes bras pour le lover contre ma poitrine. Les bourdonnements dans mes oreilles ne diminuaient pas, même après qu'elle se fut jetée sur moi, me renversant presque au passage. Laran plaça fermement sa main sur mes reins pour nous retenir tous les trois tandis qu'elle me serrait dans ses bras.

— Je suis tellement désolée, Ruby. J'ai pété les plombs en voyant les corps. J'ai eu peur que quelque chose te soit arrivé, pourtant je n'avais rien ressenti ce qui n'a fait qu'empirer les choses et...

— Chut... chuchotai-je.

Toutes ses attentions, bien que gentilles, ne m'aidaient pas. Son satané hurlement allait me rendre sourde un de ces jours. Sans parler du pauvre Bandit que j'allais devoir amener consulter le Dr Lummus pour m'assurer qu'elle n'avait pas causé de lésions. Oh comme il allait *aimer* ça. Elle lui donnait du thon à manger pendant que je lui frottais le ventre pour le calmer assez pour qu'elle puisse l'examiner. Et lorsqu'il avait besoin d'injection ? Ha. Pour cela, je traînais Moira par la peau des fesses pour m'accompagner.

— Que s'est-il passé ici, bordel ? demanda-t-elle en regardant les corps et le tas de cendres derrière elle.

— Des chasseurs de démon m'ont attaquée, murmurai-je en la contournant.

Je fis quelques pas sur le sol froid en béton. Le manque de mobilier faisait résonner les bruits de pas qui se mêlaient aux hurlements du vent dehors. Je me baissai et saisis le poignard de cérémonie dans le tas de cendres.

— Est-ce bien ce que je pense que c'est ? couina Moira.

Je lui jetai un coup d'œil et pris une profonde inspiration. Elle avait les bras croisés sur la poitrine et ses cheveux verts hérissés. *Chair de poule.* Je souf-flai sur la lame pour enlever les cendres, et les runes s'illuminèrent.

— Ça dépend si tu crois aux fantômes ou pas, murmurai-je. J'ai entendu des rumeurs sur des assassins que l'on peut embaucher pour tuer plusieurs personnes.

Moira ne quittait pas le couteau des yeux pendant que je le faisais tourner dans ma main.

— Des chasseurs de démons ? murmura Moira.

Je hochai la tête d'un air grave.

— Qui embaucherait quelqu'un...

— Le lutin, répondit sérieusement Julian avant qu'elle ne puisse formuler sa question.

Elle s'interrompit, le visage plus sombre.

— Il faut qu'on s'occupe de lui, ordonna-t-elle.

Elle serra les poings. Culpabilité et colère bataillaient en elle, pourtant à la fin, il ne restait qu'un sentiment insidieux d'impuissance et un violent besoin de me protéger.

— Ce sera fait, promit Laran.

Une rafale de vent souffla, emportant les cendres par la fenêtre explosée. Il se pencha pour examiner le corps : un homme tué d'un coup de feu entre les deux yeux. Julian sortit de l'ombre, balayant du regard le meurtrier mort avec une fureur contenue et une cruauté froide.

— Tu disais qu'ils se ressemblaient ? demanda Julian.

J'acquiesçai d'un signe de tête.

— C'est fâcheux, murmura-t-il pour lui-même.

Julian regarda le corps en plissant les yeux et en promenant ses doigts sur sa mâchoire. Il passa machinalement son pouce sur sa lèvre inférieure. Le mort retenait toute son attention.

— Pourquoi est-ce fâcheux ? lâchai-je, ne voulant pas vraiment obtenir de réponse.

— Parce qu'ils n'étaient ni des humains ni des démons. Le corps devant moi est Seelie, et ton sauveur le savait.

J'osai m'avancer d'un pas vers le corps. Vivant, il avait la peau couleur du plomb. Dans la mort, elle était devenue couleur ardoise patinée et cendreuse, donnant au corps une apparence beaucoup plus vieille qu'il ne l'était réellement. Ses grands yeux étaient d'un blanc cristallin, mais sombres, privés de vie.

Les yeux de Moira semblaient poser la question qui flottait dans l'air.

— *Comment ?*

— De l'acier, murmurai-je.

La balle qu'ils avaient utilisée devait être en acier. Les Fae étaient aussi anciens que nous autres, démons, et même si je n'en avais jamais rencontré... nous connaissions tous l'histoire. Les démones qui s'occupaient des orphelinats où j'avais séjourné n'étaient pas très férues d'histoires. Elles étaient bannies. Considérées comme des légendes écrites pour effrayer démons et humains. On ne survivait pas dans ce monde lorsqu'on était un démon plus faible et sans écouter ces rumeurs. On ne savait jamais ce qu'elles pouvaient raconter ni quelles informations pourraient faire la différence pour survivre.

La rumeur disait que les Fae, et tout particulièrement Seelie, étaient des chasseurs de démons, de toute espèce. Ils étaient sombres et implacables lorsqu'ils se mettaient en chasse, et ils luttaient au nom de la première Seelie, Ève.

Oui, cette Ève-*là*.

En fait, Ève n'était pas la première femme sur terre. Elle avait une sœur, et il n'y avait pas d'Adam. Il n'était apparu que plus tard, après la chute de Lucifer et que le monde fut divisé en deux. Ce qui fut autrefois l'Éden devint l'Enfer. Sa sœur, Lilith, resta immortelle, belle et... ce qui est le plus important... elle eut Lucifer. Pendant un moment, tout le moins. Clairement, si j'avais été là, il aurait pris d'autres amantes. Comme on peut l'imaginer, Ève n'était pas très heureuse de sa partie de contrat. Elle se retrouva coincée avec Adam, la terre et être mortelle. La mission d'Ève était de mettre au monde autant d'enfants que possible, tout en débarrassant le monde du diabolisme.

Il était difficile de chasser les démons pour une mortelle. D'où les bébés.

— Les balles en acier ne sont pas quelque chose que monsieur tout le monde a sur lui.

Cela me rappelait quelque chose, au fond de ma mémoire, mais je n'arrivais pas à mettre le doigt dessus.

— Qui que ce soit qui l'ait sauvée, connaissait l'existence des Fae, dit Laran d'un ton bourru en tournant le visage de l'homme dans tous les sens.

— En effet, répondit Julian.

Ils se regardèrent et, l'espace d'un instant, ils se dirent quelque chose sans parler. J'étais peut-être perspicace, mais je me débrouillais de mieux en mieux pour les percer à jour. Pour ressentir ce qui allait se passer.

— Rysten et Allistair viennent vous chercher pour vous emmener à notre appartement. Laran reste avec moi pour continuer d'évaluer la menace et nettoyer les dégâts. D'une façon ou d'une autre, tu seras en sécurité jusqu'au jour de ton intronisation.

Intronisation.

Mon estomac se noua, douloureux.

La question me revint à l'esprit, de manière spontanée, mais précise, car c'était la vérité. *Si je n'étais pas en sécurité ici à Portland, quelle sécurité pourrait m'apporter l'Enfer ?*

La bête en moi grogna devant ce qu'impliquait

cette déclaration. Elle ne pensait pas que nous devions nous inquiéter pour notre sécurité. Le monde devait trembler devant la menace de son courroux.

— *Comme c'est original*, pensai-je sèchement.

— *La peur est pour les faibles. Je te tuerai plus rapidement*, siffla-t-elle.

— *Une bonne dose de peur c'est sain, ça signifie que j'ai réfléchi à mes options*, fis-je remarquer.

Mais c'était trop pertinent pour elle.

— *Ça veut dire que tu as hésité.*

— *Si je ne l'avais pas fait, nous ne saurions pas qui a envoyé Seelie à mes trousses.*

— *En le faisant, tu pourrais mourir.*

Je grinçai des dents et serrai les lèvres. Je commençai à sentir la tension dans ma mâchoire. Bandit se blottit contre moi, en piaillant de manière pathétique pour, j'en étais convaincue, se plaindre du froid. *Fais la queue, mec !*

— Ruby, hésita Moira en s'approchant de moi. Je sais que nous ne voulions pas emménager chez eux, mais aujourd'hui c'était la merde. D'abord Kendall et le magasin, et à présent ceci... je veux dire, je venais juste de faire réparer la fenêtre du salon. Nous ne pouvons pas nous permettre les travaux, toutes nos vitres sont brisées et la facture de chauffage va être énorme ce mois-ci. Simplement, je...

Elle s'interrompit et serra les lèvres, inquiète. Plusieurs mèches sombres s'échappaient de sa queue de cheval et volaient au vent.

— Ce n'est plus prudent de rester loin d'eux, murmura-t-elle.

— Je le sais, répondis-je.

Ses mains étaient plus petites que les miennes et elle avait des doigts courts et boudinés, ce qui rendait les choses plus faciles pour enrouler mes mains étrangement longues autour des siennes. Elles tremblaient à cause du froid et de la descente d'adrénaline.

— Tu n'es plus en sécurité ici... à Portland. Ruby, je pense qu'il est temps que nous...

Sa voix se brisa alors qu'elle luttait pour la première fois pour mettre des mots sur ce dont j'étais au courant depuis le jour où le pentagramme était apparu sur ma poitrine.

— Je sais. C'est pourquoi j'ai déjà annoncé à Julian que nous emménagions chez eux. Nous devons décider de ce que nous allons faire du Blue Ruby Ink et de vendre la maison. Après aujourd'hui, je crois que nous sommes toutes les deux conscientes que le temps... nous est compté.

Je fis une pause pour déglutir.

— Je ne suis pas prête à aller en Enfer, ça risque de me dévorer et de me recracher, pourtant en ce moment précis, je ne vois pas beaucoup d'autres options.

Je n'étais tellement pas prête pour cela. Pour rien de tout cela. Mais je n'ai pas ce luxe puisque j'ai hérité non seulement du Royaume de Lucifer, mais aussi de tout un tas d'ennemis.

— On trouvera un moyen, répondit Moira.

Je secouai tristement la tête.

— Je suis tellement désolée de t'avoir entraînée dans ce pétrin. Je trouverai un moyen de réparer. Nous pourrions t'installer dans un endroit sympa, et je viendrai te rendre visite...

Moira jeta ses bras autour de mon cou et me serra fort.

— Je t'ai consacré douze années de ma vie. Tu crois que je te laisserais courir en Enfer toute seule pour devenir reine ? Je veux un retour sur investissement ! déclara-t-elle.

Toute mon inquiétude s'envola avec l'éclat de rire qui franchit mes lèvres. Mon ami pouvait retenir les flics, mais juste pour un temps. Ma maison était détruite et ma réputation partait en fumée. J'avais marqué Laran, bien que je n'aie pas encore entamé ma transition. Le lutin était toujours là, dehors, à me chasser tandis que les Cavaliers de l'Apocalypse le pourchassaient.

Certains jours le bonheur n'allait pas de soi, c'était un choix.

Malgré tout, j'avais fait le choix de sourire.

** Julian **

DÈS QUE MES frères vinrent la chercher pour l'amener à notre appartement, je réanimai Seelie pour le questionner.

Non que j'aie espéré apprendre beaucoup plus que ce que Ruby nous avait déjà dit.

— Je t'ai demandé qui t'a envoyé, insistai-je pour la troisième et dernière fois.

Je voulais insister, le forcer à parler, mais les âmes ont du mal à tenir plus d'une heure. En l'état actuel des choses, Seelie était pris de convulsions et luttait pour échapper à mon contrôle.

— Je t... te l'ai d... dit, bredouilla le corps d'une voix éraillée. N... nous avons été p... payés. Je n'ai j... jamais v... vu son vi... visage.

Le corps se mit à grincer des dents. Si je le forçais à rester conscient, j'aurais rapidement affaire à un zombie. Même si la punition était adaptée, il fallait que j'économise mes forces pour autre chose.

— Et l'on vous a dit de faire en sorte qu'elle sache qu'un lutin vous avait engagés ?

Je forçai l'âme à rester avec nous, assez longtemps pour qu'elle acquiesce d'un signe de tête, du moins ce qui y ressemblait venant d'un mort. Lorsque je la libérai, ce fut comme si j'enlevai la laisse d'un chien. Elle parcourut le corps pour s'envoler en un nuage ressemblant vaguement à ce que Seelie fut de son vivant. Le fantôme me fit un clin d'œil et je le renvoyai dans le vide, avant de laisser Guerre incinérer le corps de la chose.

— Ça me semble étrange que la personne qui l'a engagé, qui qu'elle soit, ait voulu qu'elle sache que le lutin était derrière tout cela s'ils avaient été envoyés pour la tuer, dit Laran par-dessus les crépitements des flammes.

— À moins qu'il ne s'attende pas à ce qu'elle meure.

— Peut-être qu'ils voulaient seulement lui faire peur, suggéra Laran.

— C'est possible. Mais ce que je ne peux pas

comprendre c'est pourquoi ils ont accepté un travail d'un démon au lieu de les tuer plutôt ?

Quelque chose ne collait pas dans cette tentative d'assassinat. C'était tout à la fois mal organisé et trop commode pour être ce que ça semblait être. Il y avait autre chose, mais c'était difficile de savoir ce que c'était.

— Je vais demander à Rysten de s'en occuper, qu'il voit s'il peut trouver quelque chose, dit Laran.

Nous restâmes debout, sans dire un mot tandis que j'attendais que les flammes s'éteignent avant de traverser la pièce d'un pas rapide et de lui mettre mon poing dans la figure.

— C'est parce qu'elle a été attaquée, ou parce qu'elle m'a choisi comme premier partenaire ?

Guerre fit craquer son cou pour le remettre en place et cracha un caillot de sang.

— Tu es un vrai crétin de l'avoir mis en danger, dis-je sèchement.

Je dus me contrôler pour que nous ne détruisions pas totalement la maison.

— Ah. Tu es en pétard parce qu'elle m'a marqué, et que tu es convaincu que ça aurait dû être toi.

Il ne criait pas. Pourquoi l'aurait-il fait puisqu'il venait d'être élu premier partenaire ? Il n'avait pas tort sur les raisons de ma colère, mais je l'avais frappé parce qu'il l'avait mise en danger.

— Notre devoir est de la protéger. Elle était encore plus proche de la transition, et si quoi que ce soit la déclenchait avant que nous ne trouvions le lutin... ou qui les avait envoyés tous les deux... nous serions tous vulnérables. Réfléchis au temps nécessaire à la plupart des démons, et maintenant pense de qui nous parlons.

Ses yeux s'éclairèrent, mais il ne dit rien. Car il n'y avait rien à dire. Il avait vraiment merdé cette fois-ci.

— Elle pourrait rester ainsi pendant des *semaines*. Ce qui signifie des *semaines* à calmer la bête. Des semaines à décider lequel d'entre nous sera avec elle tandis que les autres monteront la garde. Et ça, c'est si elle veut être avec un seul d'entre nous à la fois. Je ne connais pas la taille de son appétit vu qu'elle est à moitié succube.

Oh, mais je rêvais.

Au début, je pouvais me convaincre que cela ne m'affectait pas. Que je n'étais que son garde du corps et que c'est ce que je resterais toujours. Je pouvais mettre ses regards langoureux sur le dos de son côté succube. Je me disais que ses courbes à damner un saint et sa bouche sensuelle nous affectaient tous de la même manière.

Ça ne voulait rien dire.

Puis la bête apparut.

Ce n'était plus aussi simple à présent qu'elle sentait que j'étais fait pour elle.

Je la désirai tellement que ça en devenait douloureux.

Et c'était précisément la raison pour laquelle je ne pouvais pas l'avoir.

14

On connaît tous ce sentiment lorsqu'on a un million de choses à faire, qu'on fait la queue à l'épicerie et que la caissière passe son temps à bavarder en prenant son temps pour scanner un litre de lait et un sachet de donuts poudrés ? Je me sentais un peu comme ça aujourd'hui. Six clients avaient appelé pour annuler leur rendez-vous. Je dus en reprogrammer une dizaine de plus sur la semaine pour finir leur tatouage. Dans trois jours on allait évaluer ce qu'il restait de ma maison avant de la mettre en vente... nous devions vider toutes nos affaires pour vendredi. Le Blue Ruby était en liquidation et le terrain allait être vendu. Et depuis que je l'avais marqué, Laran pavoisait en se prenant pour un étalon de concours.

Je ne voulais m'occuper de rien de tout cela. Non, je les évitais comme la peste et me concentrais sur les finitions de couleurs du salami qui entrait dans la manchette de mon client du moment. À l'époque j'avais trouvé amusant, même si un peu étrange, de me demander de lui tatouer ses aliments préférés. J'aurais dû me rendre compte combien elle était bizarre cette nénette. Elle déblatérait depuis une heure à propos de macaroni et de fromage... les aliments de base dont elle m'avait demandé de me servir de point de départ de son dessin.

Je finissais juste la tranche qui s'enroulait autour de son avant-bras lorsque le carillon de la porte du salon résonna. Je jetai un coup d'œil vers Rysten, qui montait la garde près de mon box. Nous avions expliqué à madame Mac'n'cheese qu'il veillait sur moi, et elle n'avait posé aucune autre question. On n'aurait même pas remarqué sa présence si ce n'était les regards occasionnels que la cliente lui lançait en se léchant les babines.

— Peux-tu vérifier le...

Je m'interrompis en entendant le bruit de pas qui se rapprochaient. Ils étaient trop lourds pour que ce soit Moira et trop rapide pour un client. Rysten n'était pas inquiet. Il se contenta d'afficher un sourire lorsqu'Allistair apparut.

— J'ai besoin de te parler, ordonna-t-il.

Il balaya la situation du regard, cependant il ne semblait pas particulièrement s'inquiéter que je sois en plein travail. Ses yeux brûlaient de la flamme d'une colère muette qui me concernait sans doute. Je jetai un œil sur ma cliente au regard lubrique et m'aperçus qu'elle avait la bouche grande ouverte.

Je levai les yeux au ciel.

— Faisons une pause de cinq minutes. Profitez-en pour vous lever et faire quelques pas, mais ne touchez pas votre bras et faites attention à ne pas le frotter contre quoi que ce soit.

Elle fit un mouvement sec en réalisant qu'elle était en train de le fixer et hocha la tête comme un mouton. Je me retournai pour suivre Allistair dehors et les deux hommes affichaient des sourires satisfaits. Je haussai les sourcils en passant et en les frôlant tous deux *accidentellement*.

Je laissai la porte ouverte derrière moi et me dirigeai derrière mon bureau avant qu'Allistair n'entre. La porte fit un léger bruit en se refermant et je déglutis avec difficulté. L'agacer ainsi dans le couloir ne m'apparaissait plus comme une bonne idée. Amusant.

Je croisai les mains dans mon dos pour qu'il ne s'aperçoive pas que je les serrai nerveusement. Pourquoi était-il venu, en fait ? Si c'était à cause de Laran... *Merde*.

Allistair ne semblait pas enclin à la jalousie. Cependant, ça avait été également le cas avec Rysten jusqu'à ce que Laran se promène sans chemise ce matin dans leur appartement. J'avais déjà tout entendu ce matin. Vivre avec eux allait être super chiant.

— Quand comptais-tu m'en parler ? demanda-t-il d'une voix douce comme le velours, mais ce n'était qu'un leurre.

Je m'agitai, mal à l'aise, me demandant si je devais inviter Rysten à entrer.

— Je n'avais pas *prévu* de le faire...

Faux. Façon maladroite de démarrer cette conversation.

Allistair durcit son regard.

— Comment, au nom de Satan, peux-tu me dire...

— Hé ! l'interrompis-je sèchement en entendant le ton de sa voix.

Je sentis ma colère se calquer à la sienne.

— Toi-même tu m'as dit que vous me vouliez tous. Ça ne te regarde en rien ce qu'il se passe quand je suis avec les autres. Bon sang, si je vous veux tous... eh bien, je me servirai.

Allistair resta bouche bée et ne dit rien. Je ressentis le frisson de la victoire, et cela me donna du courage. Je croisai les bras sur ma poitrine, irradiant l'atmosphère de ma propre suffisance. Mais ce fut de courte durée. Allistair se remit rapidement du choc et ses lèvres pulpeuses esquissèrent un sourire complice. Mon propre sourire narquois s'effaça de mon visage pour ne laisser qu'une expression impassible.

— De quoi parles-tu, Ruby ?

Mon prénom sur ses lèvres était comme une caresse. Si inconvenant. Une chaleur m'envahit et je me redressai. À sa façon de prononcer mon prénom, mon sexe se tétanisa. Je serrai les cuisses et il cilla en apercevant ce mouvement, son sourire se transforma en une expression carnassière lorsqu'il approcha d'un pas.

— Je...

Les mots me manquèrent lorsqu'il fit un pas de plus, contournant le bureau.

— Tu quoi ? murmura-t-il en avant encore.

Il se retrouvait à présent dans mon espace protégé. Mon espace vital. Je n'arrivai pas à réfléchir lorsqu'il était si proche, lorsqu'ils étaient si proches. Je reculai d'un pas, mais il continua d'avancer. Avant que je ne puisse réagir, il me saisit par les hanches et me hissa sur le bureau. Ses mains m'agrippaient fermement, mais en douceur. Pour le moment, du moins. Il se servit d'un de ses genoux pour écarter mes jambes et s'engouffrer entre elles.

— Je...

Je m'écartai et scellai mes lèvres. Je n'appréciai pas être malmenée jusqu'à lui céder ce qu'il voulait... et pourtant, avec lui, ça me plaisait. Je me mordis les lèvres fermement pour reprendre mes esprits.

— Pourquoi ne me dis-tu pas la raison de ta venue. J'ai une cliente vers qui je dois retourner, et je doute que tu comptes me faire l'amour ici, sur le bureau.

Il glissa ses doigts sous le bord de mon tee-shirt et se mit à jouer avec ma peau.

— Attention aux paroles qui franchissent tes lèvres. Je n'ai pas fait l'amour depuis une semaine, et je pense à de *meilleures* façons de la mettre à contribution, murmura-t-il.

Ses douces lèvres caressèrent les miennes et je me mis à gémir tout contre lui.

Connard.

— Allons, allons, est-ce une façon de t'adresser à moi ?

Il ricana et je me figeai.

Merde. Je ne pensais pas l'avoir vraiment prononcé...

— Va te faire voir. Soit tu me dis la raison de ta venue, soit tu me laisses finir avec ma cliente, grognai-je.

Allistair recula d'un pas au moment précis où la bête surgit et attrapa sa chemise, pour maintenir son regard dans le mien le temps de lui déclarer :

— *Tu es à moi.*

Que le Diable l'emporte. Elle disparut aussi vite qu'elle était apparue, me laissant seule à gérer le regard inquisiteur d'Allistair.

— Elle est possessive, fit-il remarquer.

— Apparemment, répliquai-je sèchement.

— Si elle l'est, alors toi aussi, ma petite succube.

— J'ai apposé ma marque sur Laran.

Les mots m'avaient échappé et je ne pouvais retirer ce que je venais de dire. Allistair blêmit, affichant une expression neutre. Je n'avais pas besoin de lire son langage corporel pour connaître la vérité. Il se tenait trop près de moi pour pouvoir le dissimuler, et avec ma culpabilité qui s'éveillait déjà en moi, je voulais que rien en lui ne m'influence.

Je le poussai pour me dégager, alors il s'écarta pour me laisser suffisamment d'espace pour que je puisse fermer les jambes et descendre du bureau. J'évitai son regard en m'éloignant de lui, le dos droit.

— Pourquoi es-tu venu ? répétai-je en croisant les bras.

— Pour te réprimander, ce que tu as fait à Kendall était incroyablement stupide, répondit-il d'un ton sévère.

— Il n'existe aucune preuve, murmurai-je comme une enfant gâtée.

— Aucune preuve ? Est-ce vraiment ce que tu viens de dire ?

Il haussa le ton avec la froide arrogance dont il se vantait. Sauf que je connaissais son secret, tout ceci n'était qu'une façade.

— J'ai volé la vidéo et cassé le magnétophone. Il n'existe aucune preuve qui pourrait être utilisée contre moi au tribunal, lui répondis-je du ton le plus prétentieux et le plus énervant possible.

— Bon sang, Ruby, tu lui as tatoué le visage tout entier. Tu as laissé un *message*, et que dit-il ? « À présent, ton apparence extérieure est en accord avec ce que tu es au fond de toi ? La seule chose qui te sauve, c'est ton argent et ta réputation... Que fais-tu ? »

Je me penchai pour ouvrir le coffre-fort où je conservais mes affaires, me positionnant de telle manière qu'Allistair ne puisse voir à l'intérieur. S'il comptait faire une crise à propos de Kendall, il allait très certainement aimer ce que je cachais là.

— Un instant.

Je tendis la main et sortis le document que je cherchais, refermant le coffre-fort avant de me relever pour faire face à Allistair.

— Qu'est-ce donc ? demanda-t-il d'un air suspicieux en approchant du document que je tenais à la main.

— Une renonciation dûment signée attestant qu'elle ne peut pas porter plainte, dis-je, incapable de dissimuler ma satisfaction.

— Tu l'as obligée à signer, répliqua-t-il d'un ton impassible.

Il m'arracha le document des mains pour le parcourir.

— Elle a ruiné ma réputation, m'a harcelé au sujet de Josh pendant des mois, et tu sais quoi ? Je m'en fichais. Ça commençait à devenir répétitif, mais je me fichais de l'opinion des autres et je ne vais pas commencer aujourd'hui, dis-je en le regardant droit dans les yeux. Elle a dépassé les bornes quand quelqu'un de la foule a lancé un caillou sur Moira. Je perdrai peut-être mon permis d'exercer. Il se peut que j'écope d'une amende. Ils vont même tenter de me mettre en prison, mais j'ai déjà perdu cette vie, et je serai partie depuis très longtemps avant que le tribunal ne rende son jugement. Mais Kendall...

Je m'interrompis un instant et parcourus des yeux les dessins épars sur mon bureau.

— Elle ne pourra jamais oublier ça. Elle n'échappera jamais à son passé. Elle pourra essayer de le faire enlever, mais elle souffrira beaucoup et ça ne disparaîtra jamais complètement. Je m'en suis assuré. Chaque jour de sa satanée vie, elle verra le visage que je lui ai fait quand elle se regardera dans le miroir. J'ai tué, déjà tué des gens et j'en suis arrivée à la conclusion que la punition était trop douce. Obliger les gens à vivre avec les conséquences de leurs actes... ça c'est de la justice.

Allistair ne dit mot. Nous n'échangeâmes aucune parole pendant un très long moment, pratiquement cinq minutes où nous nous contentâmes de nous regarder dans les yeux.

Ce n'était en rien un concours de celui qui baissera les yeux le premier, au lieu de cela, il me scrutait, cherchant en moi un signe. Et je crois qu'il l'avait trouvé.

Que nous l'avions trouvé tous les deux.

— Considère que tout le côté légal est sous

contrôle. Nous devons encore discuter de ce que tu désires faire de ta maison et du Blue Ruby, mais je vais faire en sorte que ta transition se passe le mieux possible.

Il tourna les talons et se prépara à sortir.

— Et, Ruby ?

Il s'arrêta, la main sur la poignée.

— Oui ? demandai-je.

Jamais un mot ne me parut si épuisant à prononcer.

— Ton père aurait été fier.

J'ouvris la bouche, mais ne trouvai aucune réponse digne de ce nom. Allistair n'attendit aucun commentaire et la porte se referma derrière lui en un petit claquement.

Mon père étant le Diable, je ne savais pas si c'était un compliment ou une insulte. Connaissant Allistair, c'était probablement un peu des deux, et il valait mieux ne pas trop creuser.

Il fallait encore que je survive à la semaine. Et nous n'étions que mardi.

** Allistair **

Elle était si proche et en même temps si loin.

Julian essayait de nous tenir à l'écart depuis qu'elle avait marqué Guerre. Cet imbécile n'arrêtait pas de ressasser comment il avait été *choisi* en premier. Bien sûr, maintenant que ça s'était produit une fois, elle serait beaucoup plus prudente, et me tiendrait à bonne distance, car elle craignait que cela se reproduise.

Je lui en voulais.

Ce dont aucun d'entre eux n'était au courant, c'est comme nous avions été proches, elle et moi, de franchir le pas, cependant j'avais fait passer ses intérêts en premier et avais fait en sorte que ça n'arrive pas. Guerre était un crétin s'il ne se rendait pas compte de la chance qu'il avait eu que Julian arrive et les interrompt. Nous ne pouvions pas nous permettre qu'elle entame sa transition tout de suite. Pas alors que le lutin était toujours là, dehors, et qu'il avait envoyé Seelie à sa poursuite.

Je ne comprenais même pas comment elle avait réussi à le marquer sans avoir accompli sa transition. Nous seulement ça ne s'était jamais produit, mais en plus cela donnait plus de crédit à la théorie de Peste. Quelque chose s'était produit, et elle le retenait, tout comme son besoin d'amour.

Le problème était qu'à un moment ou à un autre cela se reproduirait, et qu'elle exploserait.

Nous étions face à une situation instable qui pouvait exploser à tout moment, à cause d'un rien.

Mais au moins, elle avait pensé à contrefaire la signature de la femme avant que je n'aille graisser la patte des flics et du juge. Étrange comme l'argent pouvait dicter la loi.

Je devais cependant féliciter sa prévoyance, et je le pensais sérieusement.

Son père aurait été fier. Elle serait une reine fantastique.

Juste, mais impitoyable. Je ne pouvais attendre plus d'une démone appelée à régner un jour.

C'était exactement la raison pour laquelle je resterai à ses côtés.

Rysten était résolu à devenir le prochain élu, mais cela ne se produirait pas si j'avais mon mot à dire.

15

Nous descendîmes rapidement la rue bien éclairée, nos chaussures battant doucement le pavé mouillé. Une légère bruine flottait dans l'air, rendant les températures déjà froides, carrément glacées. Je fourrai mes mains sous mes aisselles et marchai d'un pas tranquille vers The Alley Cat, mon restaurant préféré. Près de moi, Rysten rit doucement.

— Tu ne rigoleras plus quand tes testicules seront gelés et que tu ne pourras plus engendrer de petites Pestes, le rabroua sèchement Moira qui marchait d'un bon pas devant moi.

Je souris tandis qu'elle tirait un peu plus sur sa capuche et dépassait un groupe d'étudiants ivres.

— Hé ! Regarde ça ! résonna un chœur derrière

elle alors qu'un des garçons tombait à la renverse dans une poubelle.

C'était ce qu'on appelait être un vrai déchet.

Je souris à mon propre jeu de mot.

Moira ne les quitta pas des yeux en poursuivant son chemin, s'engageant dans la ruelle latérale. Je la suivis en ignorant les cris derrière nous. Ils avaient beau hurler, cependant aucun d'entre eux n'oserait nous causer de problème avec Rysten près de nous. Malgré son côté facile à vivre, il n'acceptait aucun compromis quand il s'agissait de moi. Seuls Moira et Bandit échappaient à cette politique.

C'était rassurant, bien qu'un peu condescendant. Au moins prenait-il ses devoirs à cœur, à l'inverse des trois autres, qui étaient tous autoritaires à leur propre manière. Rysten agissait plus comme si nous allions tous les trois dîner. En vérité, Moira et moi allions dîner, et il devait nous suivre, car nous n'avions plus le droit de nous rendre nulle part sans escorte. Plus maintenant.

Je marchai dans la rue pavée. Ce n'étaient pas les mêmes pavés que l'on trouvait partout à Portland, ceux-ci n'étaient que des couches de pierres incrustées dans du ciment. Les pierres lisses étaient glissantes à cause de la bruine. Rysten me rattrapa et me prit gentiment le bras par le coude pour m'aider à garder l'équilibre.

— Merci, dis-je dans un souffle, retirant mon bras dès que nous atteignîmes les marches.

Rysten ne parlait pas, cependant je ressentais la douce chaleur qui irradiait de lui. Se rendait-il compte que sa main agissait comme un fer chaud contre ma peau ? Pouvait-il ressentir les réactions de mon corps sous mes trois couches de vêtements ?

Je secouai la tête pour effacer ces pensées de mon esprit tout en saisissant la rambarde en fer forgé pour monter les escaliers. Une fois à l'intérieur, Moira nous fit un signe de la main pour nous inviter à la rejoindre dans un box au fond du restaurant.

— C'est *ça* votre restaurant préféré ? demanda Rysten sceptique.

Il balaya du regard les boxes en bois brut qui s'alignaient et les tables mobiles qui traversaient la pièce. Chacune d'entre elles donnait sur les différentes étapes de la conception d'une pizza : le garçon en charge de la pâte, celui s'occupant de la sauce, les garnitures, et enfin le four où l'on cuisait ces délices que les serveuses allaient servir. Les tables mobiles se mouvaient et tournaient sans se percuter tandis qu'ils préparaient des pizzas si délicieuses que la grand-mère du propriétaire devait être italienne dans une autre vie. Je souris avec bienveillance au jeune homme qui faisait tournoyer la pâte en l'air avant de la jeter sur le plan de travail suivant.

— Ouaip, et le clou du spectacle n'a pas encore commencé, répondit Moira joyeusement, en laissant échapper un petit gloussement.

Rysten me lança un regard en coin alors que je m'installai près d'elle en haussant les épaules innocemment.

— Le clou du spectacle ?

— Tu verras.

Nous échangeâmes un sourire espiègle en voyant l'air renfrogné de Rysten. Pour une fois, c'était nous qui menions la blague. Oh, comme les tables ont tourné. Littéralement, alors que le garçon en charge de la pâte fit bouger son plan de travail devant nous.

— Que va-t-il se passer ce soir, mesdames et messieurs ? demanda-t-il avec un fort accent new-yorkais.

— Deux spécialités de la maison, grande taille, et un pichet de votre pression du moment, quelle qu'elle soit, commanda Moira pour nous tous.

Ses mains façonnaient déjà la pâte.

— Vous avez vos papiers d'identité ? demanda-t-il.

Rysten possédait-il une carte d'identité ? Je veux dire, il avait fabriqué mon certificat de naissance et tous mes papiers quand j'étais enfant, mais aujourd'hui ? Je fouillai dans mon petit sac à dos, en le regardant du coin de l'œil. Il ouvrit son portefeuille et le montra au garçon en charge de la pâte, qui acquiesça d'un signe de tête tandis que je sortais ma propre carte d'identité.

— Très bien alors, vos plats seront prêts dans peu de temps, dit le garçon en faisant un clin d'œil à Moira et à moi. Il dirigea son plan de travail vers une autre table, tout en envoyant voler la pâte sur le plan de travail des sauces en annonçant notre commande. On ne pouvait qu'admirer le chaos organisé qui régnait au The Alley Cat. Lorsque j'avais treize ans, je voulais travailler dans cet endroit. Puis j'atteignis la puberté et, hé bien… c'est la vie. C'est ce qui arrivait quand on était à moitié succube. Après cela, travailler en solitaire était ma seule perspective.

—Je ne savais pas que tu avais une pièce d'identité, dis-je en jetant un regard sur le portefeuille qu'il refermait à la hâte.

— Il y a beaucoup de choses que tu ignores sur moi, chérie.

Il me fit un clin d'œil et le glissa dans sa poche arrière.

— Comment crois-tu que nous puissions nous déplacer sur terre sans ces papiers dont les humains raffolent ?

— He bien, dis-je d'une voix traînante. J'imaginais que tu contournais la loi et te déplaçais comme bon te semblait.

Nous interrompîmes notre conversation lorsqu'une jeune femme approcha avec un pichet dans une main et trois chopes glacées dans l'autre. Elle remplit nos verres l'un après l'autre et posa le reste du pichet sur la table, sans dire un mot.

— Aussi séduisant que cela puisse être, commença-t-il avant de s'interrompre pour prendre une gorgée de cette bière mousseuse, nous ne pouvons pas toujours contourner la loi. Allistair ne pourrait gérer tes problèmes légaux, ne serait-ce que parce qu'il a trafiqué les résultats du barreau le nommant avocat.

Au lieu de répondre, je bus une gorgée de la bière de saison. Elle était riche en malt avec des notes agréables de vanille et une pointe de menthe poivrée, et m'envahit d'une douce chaleur.

Beaucoup mieux.

— Devrais-je m'inquiéter à propos de cette histoire avec Kendall ? demandai-je très sérieusement.

Si Allistair n'avait jamais passé le barreau... j'imaginais qu'il était probable qu'il ne soit jamais allé à l'université non plus.

— T'inquiéter ? Vraiment, chérie ? Nous avons créé notre cabinet il y a un siècle. Si quelqu'un peut te sortir d'imbroglios légaux, c'est bien lui, me rassura Rysten en joignant le geste à la parole.

Ce soir je n'étais pas la seule à me décontracter sous les effets de l'alcool.

— Quand tu parles de cabinet, intervint Moira, veux-tu dire que vous en êtes tous propriétaires ?

— Oui, mais c'est Allistair qui gère le côté légal. Ne le lui répète pas, mais je crois que ça lui procure l'ivresse du pouvoir. Ce qui ne me surprendrait pas, ironisa-t-il.

Je gloussai, manquant de m'étouffer sur une gorgée de bière. Moira me donna une tape dans le dos, plus forte que nécessaire, tout en regardant Rysten avec intérêt.

— Pourquoi dis-tu cela ? demanda-t-elle.

— Qu'il subit l'ivresse du pouvoir ?

Elle hocha la tête et Rysten éclata d'un rire rauque.

— Parce que Famine et mon frère rivalisent pour le pouvoir depuis très longtemps. Le fait qu'il soit avocat signifie qu'il s'occupe de Ruby, alors que Julian non. Je pense que c'est une partie de la raison pour laquelle il le fait sans se plaindre.

Il prit une autre longue gorgée de bière et vida sa chope. Moira se fit un réel plaisir de le resservir.

Elle sait être si prévoyante.

La banshee curieuse se rendait bien compte de ce qui le poussait à se confier... et pour une fois, ce n'était pas moi. À ce moment précis une serveuse apporta d'énormes pizzas, quand je parle d'énormes, je veux dire des pizzas d'au moins soixante centimètres de diamètre. Elles tenaient à peine sur la table avec le pichet et les chopes. Rysten vida encore la sienne, puis la remplit à nouveau, et en rajouta dans ma choppe avant de tendre le pichet vide à la serveuse. Nous la remerciâmes de concert lorsqu'elle s'éloigna, sceptique sur le fait que nous réussissions à tout manger.

Elle ne savait pas l'appétit dont les banshees pouvaient faire preuve. Elles sont connues pour les quantités impossibles qu'elles pouvaient ingurgiter, et à en juger par la taille de Rysten, j'avais l'impression que ce n'était pas la seule.

— Donc, si Allistair est le seul à s'occuper des affaires légales, vous autres espèces de gros fainéants, que faites-vous donc? demanda Moira en prenant une part de pizza avant d'y croquer même si elle était encore brûlante.

Elle laissa échapper un gémissement étonnamment sonore qui nous valut les regards noirs de la table d'à côté. Je levai la main, comme pour dire que je n'avais rien à y voir... ce qui n'eut aucun effet, car Moira venait de leur faire un doigt d'honneur. La femme prit son enfant et lui couvrit les yeux alors que son bébé applaudissait.

Il me rappelait un peu Bandit.

— Sérieusement? la réprimandai-je.

Moira me répondit d'un doigt d'honneur en haussant les épaules. Bon sang, faisons au moins *semblant* d'être adultes.

— Nous les gros fainéants, comme tu le dis si gentiment, nous nous chargeons de tout le travail qui ne concerne pas le tribunal, répondit Rysten en me regardant, amusé, me servir de la pizza.

Je pliai la part comme un sandwich avant de l'engloutir.

— Comme quoi? demandai-je, la bouche pleine.

Moira ricana en haussant les sourcils. Je lui rendis son regard en avalant le reste de ma pizza et lui souris de tout mon cœur. Comme une succube, et ce sans haut-le-cœur.

— Rien de vraiment intéressant, précisa-t-il d'un air distrait.

— Tu as contrefait mon certificat de naissance, et je suis tentée de croire que tu as contrefait les résultats du barreau d'Allistair, répondis-je d'une voix plus sobre que je ne me sentais réellement.

Il s'arrêta de manger et ses yeux couleur sauge se plantèrent dans les miens.

Bingo.

— C'est donc ça ton truc ? La contrefaçon ? De documents ?

Ses lèvres se soulevèrent légèrement en esquissant difficilement un sourire.

—Entre autres choses ?

—Hmmm.

Je pris une autre tranche de pizza, appréciant la sauce tomate légèrement relevée ainsi que les poivrons rouges. Arrosée de cette bière d'hiver et dans cette atmosphère chaleureuse, je me sentais comme à la maison.

— Et Laran ? Que fait-il ? demanda Moira, ramenant ainsi toute l'attention sur elle.

Trop occupée à manger, elle était restée silencieuse. La moitié de la pizza avait déjà disparu.

— Guerre n'est pas très doué pour la politique ou pour l'informatique...

Rysten s'interrompit et profita pour saisir sa bière. À en juger par son petit sourire narquois, j'en conclus qu'il trouvait cela très amusant.

— Des chiffres. Probablement qu'il se charge de tabasser les gens dans les ruelles, dit Moira en haussant les épaules.

Rysten s'étrangla sur sa bière et reposa sa choppe si violemment qu'il l'ébrécha sous l'impact.

Eh bien, eh bien... voilà qui est intéressant.

— C'est bien son rôle, n'est-ce pas ? Il tabasse les gens ? insistai-je.

— Plus autant qu'avant, répondit Rysten.

— Plus autant ?

— Devrais-je hésiter à demander le rôle de Julian ? intervint Moira avec beaucoup trop d'enthousiasme.

Rysten lui lança un regard, comme pour dire, *n'y pense même pas*.

— Écoute, chérie, nous nous sommes fait un nom grâce à un travail honnête. Nous avions bien quelques gangsters à l'époque, ainsi qu'un baron de la drogue de temps en temps pour les rentrées d'argent. Qu'est-ce que vous croyez ? Nous ne sommes pas vraiment des anges.

Disant cela, il finit sa choppe et m'aida à finir notre pizza.

Rien de tel qu'un dernier souper avant de quitter la ville pour comprendre avec qui l'on emménage. Même si, honnêtement, rien de tout cela ne m'étonnait vraiment. Ils avaient géré l'incident avec Josh avec beaucoup trop d'efficacité pour que ce soit la première fois. Allons, ce sont les Cavaliers de l'Apocalypse... et moi, je brûle les gens vivants. Je n'étais pas vraiment en position de juger.

— Mesdames et messieurs, jeunes filles, jeunes gens, voici venu le moment que vous attendez tous.

La voix charismatique du jeune homme en charge de la pâte attira mon attention vers le centre de la pièce où les employés étaient en train de débarrasser les tables. Il se tenait sur une chaise isolée, nous surplombant tous. Il souriait de toutes ses dents comme le plus puissant des rois. Ce qui était parfaitement adapté à ce qu'il se préparait.

— Ces deux jeunes femmes vont se présenter avec des seaux de vieux compost à vendre. Cinq dollars le seau, pour couronner le bouffon !

Il applaudit lorsqu'une jeune femme fit son apparition, elle ne devait pas avoir plus de seize ans et poussait une desserte à roulettes chargée de fruits et légumes pourris. Les œufs avaient aussi beaucoup de succès.

— Combien en voulez-vous, demanda la jeune femme toute rougissante en apercevant Rysten.

— Nous en prendrons quatre, répondit Moira, détournant ainsi son attention de l'homme en face de nous.

La jeune femme débarrassa les plateaux vides de notre table et posa les seaux tandis que Moira faisait l'appoint.

— Aurais-tu un billet de cinq dollars ? me demanda-t-elle.

Je fis un geste vers mon porte-monnaie.

— J'ai ça, répondit Rysten en faisant un geste vers nous.

Il tendit un billet de cinquante dollars en lui disant de garder la monnaie, et lui fit un clin d'œil. Le teint de porcelaine de la jeune femme se colora d'une douce teinte rouge en lui murmurant un merci avant de passer à la table suivante.

— Quel geste élégant, marmonna Moira.

Je gloussai d'approbation.

— Alors, qu'allons-nous faire de tous ces… (il plissa le nez de dégoût)… déchets.

— Tu verras, lui répondis-je, pleine de mystère.

Moira gloussa, laissant échapper une note de sa voix de banshee, qui fit vibrer les seaux. Je lui mis une main sur la bouche et elle écarquilla les yeux.

— Est-ce que ça vient de... dit-elle derrière ma main.

Je la retirai pour qu'elle puisse parler librement.

— Ouaip.

Je balayai le restaurant du regard, mais personne ne le remarqua. Personne, sauf Rysten, qui nous observait silencieusement, les sourcils froncés, une petite fossette se creusa entre ses yeux tandis qu'il se frottait la mâchoire.

— Intéressant, murmura-t-il.

J'ouvris la bouche pour lui demander ce dont il parlait, mais le garçon en charge de la pâte choisit ce moment pour commencer.

— D'accord, écoutez tous ! lança le jeune homme.

Sa voix nous enroba tandis qu'il intimait à tous de se taire.

— C'est l'heure pour le clou du spectacle. La seule soirée du mois où nous nous réunissons pour couronner le Roi des Bouffons. C'est. La. Nuit de la Mauvaise Poésie !

La pièce résonna d'un tonnerre d'applaudissements et les clients se mirent à frapper les tables avec leurs seaux de déchets. Moira et moi lançâmes un « Woua », en agitant nos poings en l'air. Rysten nous fixa comme si nous étions deux folles.

— Vous m'avez traîné ici pour cela ? murmura-t-il, incrédule.

Je lui fis un geste pour qu'il se taise tandis que le garçon... répondant à présent au titre de capitaine, car la Nuit de la Mauvaise Poésie avait bel et bien commencé... appelait le premier volontaire.

— Déclamez votre nom et votre poison, si vous désirez devenir le Roi des Bouffons ! lança le capitaine en descendant de sa chaise.

Ses cheveux couleur café accrochaient les reflets des douces lumières du plafond, et l'espièglerie illuminait ses yeux chocolat, ce qui lui donnait l'air plus jeune.

— Je suis le Saule, se présenta l'homme qui avançait.

Son bonnet couleur arc-en-ciel pendait sur le côté et ne couvrait qu'une partie de ses cheveux gras. Il portait un tee-shirt ample où était imprimé un signe de paix, ce qui ne mettait pas en valeur son petit gabarit, et son pantalon gipsy serré à la taille, bouffant sur les jambes et resserré aux chevilles. J'étais sûre d'avoir moi aussi une paire de sandales Chacos identique à celles qu'il portait, sauf que je ne les portais que lorsque les températures dépassaient le point de congélation.

— Bonsoir, Saule, l'accueillit le capitaine.

Ses lèvres tressautaient comme s'il avait du mal à garder son sérieux. L'homme au bonnet prit place sur la chaise et toussa de manière infecte avant de commencer.

— Devrais-je vous comparer à une journée estivale ? débuta l'homme.

— Boooo ! hurla Moira.

Rysten se tourna, surpris, ce qui chez un démon ivre était plutôt amusant.

— Chut ! la réprimanda-t-il. Ne peux-tu pas baisser d'un ton ? C'est très grossier.

À peine avait-il parlé qu'un concert de boooos lui fit écho dans toute la pièce. Je ne savais pas si je devais m'en amuser ou avoir pitié de cet homme. D'un côté, l'idée était de déclamer la pire poésie, alors peut-être tournait-il ce bon vieux Shakespeare à la dérision. D'un autre côté, il semblait être le genre de personne à prendre tout à cœur.

— Vous êtes plus merveilleuse...

Il s'arrêta net lorsque Moira me contourna pour lui jeter une demi-tomate. Elle vola sur trois mètres en ligne droite, jusque dans sa bouche. Il écarquilla les yeux et loucha sur son nez, mortifié à la vue du bout de tomate qui pendait de sa bouche. Le capitaine avança d'un pas et fit le tour de l'homme au bonnet.

— Premier clapet de la soirée ? Que va-t-il décider ?

L'homme se tordit puis vomit, pas seulement la tomate, mais également une bonne partie de son dîner. Il s'écroula sur le côté, tombant de la chaise où ses amis qui l'avaient poussé à y monter l'attendaient. Ils l'attrapèrent en souriant à travers leurs larmes, riant clairement si fort, qu'ils en pleuraient. Il se redressa et regarda autour de lui, rouge de honte. Le Saule, semblait-il, n'avait pas réalisé le genre de soirée poésie que cela serait.

Alors qu'une équipe de nettoyage approchait pour nettoyer les dégâts, le capitaine se tourna vers la foule.

— Disqualifié ! hurla-t-il.

Moira et moi claquâmes nos mains sur la table, et nous mirent à taper avec le reste des clients tandis qu'un autre bouffon avançait.

— Laissez-moi résumer, intervint Rysten par-dessus le bruit ambiant. Vous venez ici pour écouter des gens déclamer de la mauvaise poésie et leur jeter de la nourriture ? N'est-ce pas un peu... dégradant ?

Mon cœur palpita légèrement, comme si j'étais

prise de légères convulsions. Il ne comprenait pas tout à fait le but, mais ce qu'il ressentait était juste. Plus juste que ce à quoi l'on pourrait s'attendre du Cavalier Peste. Mais je n'eus pas l'occasion de lui expliquer.

— Je t'ai dit que nous aurions dû plutôt amener Laran, marmonna Moira suffisamment fort pour qu'il puisse entendre.

Rysten se figea un instant, et fronça les sourcils en la regardant. Elle haussa un sourcil et fit un geste vers le seau en face de lui. Le deuxième bouffon venait de terminer sa performance et la foule jubilait. Pendant ce temps, Moira testait Rysten.

Un test auquel il n'allait pas échouer.

Il attrapa un poivron sur le dessus du seau, et je me penchai vers Moira.

— Tu es vraiment conne. Tu le sais, ça ? chuchotai-je.

Elle se moqua lorsque Rysten frappa la femme à la tête avec le poivron et qu'elle tomba de la chaise. Elle tendit la main pour attraper le dossier en bois et se redressa le poing en l'air. La foule se déchaîna, et jeta toutes sortes de légumes pourris, mais elle tint bon et se lança dans la deuxième manche.

— Attendez... donc ils veulent que vous leur jetiez de la nourriture ? demanda-t-il, incrédule.

— Ouaip, répondis-je en secouant la tête pendant que Moira riait comme une folle.

Un éclat sombre traversa son regard, mais il ne fit plus aucun commentaire pendant le passage des autres participants. L'une après l'autre, les chaises s'accumulèrent, et les mauvais poètes passèrent au test. Certains d'entre eux déclenchèrent des sarcasmes, d'autres jouèrent sur l'humour, seuls certains osèrent s'attaquer à quelque chose d'aussi désuet que Shakespeare. Ce n'était pas vraiment l'endroit pour cela ni le public. Ceux qui furent seulement hués sans qu'on leur jetât quoi que ce soit furent éliminés. Parmi les autres, seuls ceux qui purent tenir sur la chaise restèrent en course. Nous ne leur rendîmes pas la tâche facile. Moira avait un vrai coup de main pour jeter des projectiles. J'aurais probablement eu le même don, si ma première famille d'accueil avait été comme la sienne.

Le capitaine s'avança et agita la main d'une manière ridicule. Sincèrement, j'étais convaincue qu'ils avaient choisi ce jeune homme, car il remplissait son rôle à la perfection et que la foule l'adorait.

— Dernier appel pour les participants à cette compétition pour devenir le Roi des Bouffons de ce mois-ci, lança le jeune homme. Tous les gens de la salle regardèrent à droite et à gauche pour voir si quelqu'un oserait rejoindre les trois bouffons qui avaient atteint la seconde manche.

— Je vais le faire.

Je me tournai d'un coup sec, bouche bée. Rysten se leva de table et se dirigea fièrement vers le capitaine, la démarche arrogante. Sa stature imposante dépassait le capitaine qui levait les yeux vers lui, mal à l'aise, comme s'il sentait qu'il avait de bonnes raisons de vraiment craindre cet homme.

— Comment t'appelles-tu... bouffon ? demanda courageusement le capitaine.

— Rysten.

Moira m'attrapa le bras tandis qu'il avançait vers la chaise, et je me demandais si elle allait céder sous son poids, car elle ne paraissait pas très solide.

— Je n'arrive pas à croire qu'il l'a fait. Finalement, Famine a des couilles, ricana Moira.

— Tu n'arrêtes pas de le provoquer et il va finir par craquer.

— J'y compte bien.

Elle s'humecta les lèvres en le regardant les yeux plissés. Je ressentis dans ma poitrine, quelque chose de très léger, mais désagréable, qui ressemblait presque à de la jalousie. Les mots préférés de ma bête, me brûlaient les lèvres. *À moi.*

Moira me dévisagea en inclinant la tête.

Oups. J'avais dû le dire à voix haute.

— À toi, hein ? demanda-t-elle un éclair de joie dans l'œil ? Tu as mis le temps.

J'ouvris la bouche, mais elle me fit taire, car Rysten avait commencé à déclamer.

— Les rubis sont rouges et tes yeux sont bleus. Moi aussi je veux brûler dans ton âme en feu.

Venait-il de...

Oh oui, il avait osé.

Dans ma poitrine, mon cœur s'emballait, battant sauvagement comme un ouragan. Le temps se suspendit lorsque nos regards se croisèrent et mes lèvres esquissèrent un léger sourire. Je ne comprenais pas ce qui, soudain, m'excitait. Peut-être était-ce le regard qu'il posa sur moi, cette sombre lueur qui me faisait entrevoir qu'il était tellement plus que ce que je connaissais de lui. Peut-être était-ce le silence assourdissant plus éloquent que les mots...

Ou, peut-être était-ce la façon qu'il avait de résister sans détourner son regard du mien, même lorsque Moira jeta une aubergine sur son entrejambe.

Il encaissa le choc avec toute la grâce qu'il put. Il fit une petite grimace, mais tint bon, se tenant plus droit que les autres bouffons autour de lui. Même lorsque Moira vida littéralement un seau entier, uniquement sur lui.

Elle était ma meilleure amie, et tout agréable, intelligente et loyale qu'elle était, elle se comportait comme une satanée enfant avec les Cavaliers de l'Apocalypse, se disputant jour et nuit avec eux à mon sujet. Elle leur donnait souvent des ordres, parfois je me demandais si ce n'était pas son destin de régner, car elle était si encline à dire aux autres ce qu'ils devaient faire.

— Très bien mesdames et messieurs, admirez nos bouffons. Ils se préparent à déclamer pour vous séduire ! Commençons !

Déclamer ? Sérieusement ?

Il ne pouvait rien trouver de mieux ? Rasoir.

Il se tourna vers la première femme qui avait résisté au choc du poivron que Rysten lui avait lancé à la tête, et elle entreprit de réciter une histoire idiote à propos d'un lama et d'un désert. C'était très mauvais, mais aucunement amusant, et même si les gens la huaient, ils ne lui jetèrent rien. Elle fut éliminée.

Vint ensuite une jeune fille ronde avec un accent écossais qui avait la même voix que la maman d'Harold dans *Dragons*. Elle se racla la gorge une fois, puis commença :

« Skinny alla prendre un bain, mais ne le dit à personne. Il oublia de mettre le bouchon et passa par le siphon. »

Je laissai échapper un petit gloussement, pourtant le plus amusant fut lorsque deux jeunes enfants se mirent à pousser de petits cris de joie. Tout le monde commença à bombarder la femme avec des aliments, seulement pour voir la réaction des enfants. Elle les fixait en s'amusant tellement, qu'elle ne remarqua pas le pain rassis que Moira jeta dans sa direction. Et sans prévenir, elle chancela. Une autre d'éliminée.

Ils devraient vraiment faire signer un dégagement de responsabilités pour ce genre d'événements.

Le bouffon suivant se hissa sur une chaise près de moi. Ses yeux bleu pâle nous regardaient Rysten et moi, l'un après l'autre, avec perspicacité. Lorsqu'il sourit, un sentiment de malaise me prit aux tripes. Moira se raidit et enroula un bras autour de mon épaule en geste protecteur. C'était comme si elle savait d'instinct ce qui n'allait pas quand l'homme ouvrit la bouche.

— Les roses sont rouges, prêtes à être cueillies. Je passerai te prendre à huit heures et demie, tiens-toi prête...

Il laissa la fin de son poème en suspens, pinçant légèrement ses lèvres vers moi en me souriant. Une fois de plus, la salle hua à l'unisson en lui jetant de la nourriture. Moira s'appliquait à essayer de le faire tomber en visant ses yeux avec quelques tomates-cerises bien dirigées. Le connard tint bon et en profita pour me faire un clin d'œil.

Je serrai les lèvres et affichais un visage impassible en regardant Rysten. Mon cœur ralentit en apercevant comment il regardait l'humain sur l'autre chaise. Le visage du gars se déforma et un voile de sueur recouvrit sa peau. Il ouvrit la bouche pour parler, mais au lieu de cela, la seule chose qui sortit fut le pet le plus sonore que j'avais jamais entendu. La salle devint silencieuse et Moira lança une tomate qui l'atteint en plein visage. Tomba de la chaise et se rattrapa en me tournant le dos. C'est alors que je compris que ce n'était pas un pet.

Il y avait des traces d'excréments à l'arrière de son pantalon.

Et cette odeur...

— Je crois que je vais être malade, confiai-je à Moira en me pinçant le nez.

L'homme balaya la salle du regard tandis que la foule restait assise, les yeux écarquillés, riant en silence et en le montrant du doigt. Il les ignora et se précipita vers les toilettes, sans même se retourner lorsque le capitaine lança d'une voix étranglée :

— Éliminé ! Ouille… pouvons-nous avoir du désodorisant par ici ?

Des employés sortirent des coins du restaurant où ils s'étaient cachés parmi la foule pour rire et applaudir avec nous. Certains d'entre eux commencèrent à balayer la nourriture éparpillée au sol, et la jeune femme qui nous avait apporté les seaux de déchets un peu plus tôt s'approcha avec une couronne.

Une couronne en papier, pour être précise, comme celles que l'on trouvait au Burger King.

— Rysten, je vous couronne, Roi des Bouffons ! Au moins jusqu'au mois prochain, proclama le capitaine responsable de la pâte à pizza.

Nous empilâmes nos seaux vides sur la table pendant que Rysten acceptait sa couronne avec grâce, ou plutôt avec autant de grâce qu'il le pouvait, couvert d'aliments pourris.

Le clou du spectacle étant terminé, la foule commença à faire la queue pour sortir, cependant Rysten ne semblait aucunement pressé. Il marchait d'un pas tranquille et beaucoup trop arrogant pour quelqu'un maculé de jus de tomate. Derrière lui, du coin de l'œil, j'aperçus une lueur rouge. Dans la foule dense qui sortait, un œil m'observait. Je scrutais dans sa direction pour mieux voir, mais il disparut en un clignement de cils.

Sûrement encore mon imagination qui me jouait des tours. La bière me rendait paranoïaque.

— Roi des Bouffons, hein ? dis Moira tandis que nous sortions de notre box.

— Toutes les reines ont besoin d'un roi, murmura Rysten en ouvrant son portefeuille pour déposer un billet de cent dollars.

Moira ne fit aucun commentaire en prenant la tête, prête à s'enfoncer dans la nuit. Rysten la suivit et je les regardai en souriant toute seule.

— Pourquoi se contenter d'un seul, quand on peut en avoir quatre ? chuchotai-je derrière eux.

** Rysten **

POURQUOI SE CONTENTER d'un seul, dis-tu ?

Ruby, chérie, je pense que tu l'as compris.

Elle a peut-être marqué Guerre en premier, cependant je serai le second. Si Julian voulait ignorer non seulement leurs réactions envers elle, mais également ses sentiments pour lui, qui étais-je pour m'interposer ?

Pendant ce temps sa bête faisait les cent pas. Implacablement. Elle veut revendiquer son second partenaire.

Ce sera moi.

Je ne réussis pas à m'empêcher de m'en prendre à l'humain. Il la rendait mal à l'aise. Un bon partenaire potentiel ne l'accepterait pas, mais les humains ne fonctionnaient pas ainsi. Tout particulièrement Ruby. Elle aurait été bouleversée si je l'avais tué. Mon sang le réclamait. Je m'exécutai pour l'unique raison qu'il n'était pas un partenaire potentiel. Si un autre homme avait envisagé d'essayer de faire partie du tableau alors qu'elle était si vulnérable... cela se serait très mal passé pour lui.

J'optai pour la maladie. Il me suffit de permettre à une bactérie de se nourrir et se propager dans ses tripes.

Jamais il n'apprendrait que ça venait de moi.

À présent que Ruby sait ce qu'elle veut, je n'ai aucun scrupule à la poursuivre. Et à surveiller Guerre, tant que j'y suis. Elle n'a pas encore effectué sa transition. Je ne sais pas pourquoi. Nous avons déjà dépassé la date que nous avions envisagée pour qu'elle s'accouple, pourtant elle a fait montre d'une puissance jamais vue chez un démon en phase de prétransition.

Nous devions trouver le lutin, et rapidement, avant que quelque chose ne la déclenche.

Le temps presse. Elle ne pourra pas se retenir très longtemps.

16

Je retournai l'écriteau sur la porte d'entrée. Ce n'était qu'un geste anodin, seulement une des tâches de fin de journée que j'accomplissais à la fermeture.

Cette fois-ci, c'était la dernière fois. Le Blue Ruby Ink était officiellement fermé, et je ne savais comment réagir. Nous étions un des salons de tatouage de Portland les plus récents et l'un des plus prospères. J'avais créé cette affaire avec Moira et nous l'avons fait prospérer. Nous avions littéralement sué sang et eau pour cet endroit et aujourd'-hui... c'était terminé.

Elle me manquait déjà pour la simplicité que cette vie m'offrait. Ici, j'étais Ruby, une demi-succube qui ne vivait que pour ses clients, qui faisait profil bas et qui mangeait chez Martha tous les samedis.

C'était une vie agréable. Simple.

Pourtant, j'avais également un destin, et rien de ce que je pouvais faire ne freinerait ma destinée.

Cela n'avait aucune importance si je ne savais pas ce qui m'attendait. Les efforts que je pouvais faire pour l'éviter, pour essayer de résister, n'avaient aucun poids. J'aurais pu faire tant de choses et la fin aurait été différente, avec ou sans Kendall.

Quoi que je fasse, l'issue était la même.

D'une manière ou d'une autre, l'Enfer m'aurait. J'imagine que prendre la décision de partir dans les prochaines semaines (tant que j'étais encore en vie) était probablement la chose la plus intelligente à faire.

Me lamenter sur les événements qui m'ont amené ici ne servait à rien. Cela n'aiderait personne. Ce serait seulement beaucoup plus simple si je savais exactement vers quoi je me dirigeais quand tout se serait calmé. Allions-nous simplement nous rendre en Enfer, et puis boum... me voilà reine ? Je me demandais si je trônerais derrière un bureau similaire à celui-ci pour commander les gens. Étrangement, je ne pensais pas que ça fonctionnerait ainsi. On pourrait appeler ça un pressentiment, mais les gars se montraient particulièrement réticents dès que je leur posais des questions. Quoi qu'il en soit, ça semblait affreusement ennuyeux, mais ce n'était pas comme s'il y avait quelqu'un d'autre pour prendre le poste. À part peut-être Moira.

Au moins je serai avec elle et Bandit. Je ne savais pas trop ce que mon féroce petit raton laveur allait faire en Enfer, cependant il était hors de question que je parte sans lui, alors j'imaginais que nous allions tous rapidement le savoir. Allait-il devenir un raton laveur de l'Enfer, à présent? Je n'en avais aucune idée, pourtant Rysten m'assura qu'il s'y sentirait bien. Les Portes de l'Enfer ne s'ouvraient pas seulement pour les démons, et même si j'étais convaincue qu'il voulait se montrer réconfortant... cela ne fit que me provoquer des cauchemars à propos de ce que je trouverais quand nous y serions enfin.

Trois coups à la porte me firent sursauter. Je me tournai et aperçus Moira qui passait la tête. Elle me lança un regard et fronça les sourcils, serrant légèrement les lèvres en une grimace inquiète.

— Pourquoi restes-tu ici à ruminer?

— Je ne rumine pas, coupai-je sèchement.

Elle haussa les sourcils, se faufila à l'intérieur avant de refermer doucement la porte derrière elle.

— Mais si, bien sûr.

— Moira...

— Ruby Morningstar, je vis avec toi depuis douze ans. Je sais quand tu es heureuse. Je sens quand tu es bouleversée. Je sais quand quelque chose ne va pas, et en ce moment précis, je *sais* que tu es en train de ruminer. Ne mens pas. Je le sais.

Moira croisa les bras sur sa poitrine, attendant que je cède.

— Je ne rumine pas, Moira. Je réfléchis. Tu sais, le truc que font les gens sains d'esprit quand ils sont face à de gros changements dans leur vie ? plaisantai-je.

Elle ne sembla pas trouver cela amusant.

— Eh bien, cesse cela. Ce n'est pas comme si tu partais là tout de suite. Nous venons à peine de mettre la maison en vente et nous devons encore nous occuper de nettoyer cet endroit.

Elle balaya mon bureau du regard comme si étrangement, elle trouvait qu'il en avait bien besoin. Je vivais dans un bordel organisé. Eh bien, poursuis-moi en justice !

— Je sais que ce n'est pas la fin, et je sais que nous ne partons pas tout de suite...

Je pris une profonde inspiration, levant les yeux vers les moutons de poussière accrochés au plafond et que j'avais déjà comptés des centaines de fois.

— Tout cela va trop vite à mon goût.

Je haussai les épaules, tirant maladroitement sur mes longues manches en attendant que Moira incline la tête en arrière pour se moquer de moi.

— Ce serait inquiétant si ce n'était pas le cas, mais ça ne veut pas dire que je vais t'expliquer comment agir. Tu as été attaquée trop souvent à mon goût et, bien que je les trouve énervants, je sais que les Cavaliers de l'Apocalypse te protègent.

Je clignai des yeux lorsqu'elle enroula ses bras autour de mes épaules et me serra contre elle. Elle avait une odeur de linge propre avec une pointe de menthe. Une odeur que je connaissais très bien.

— C'est incroyablement sentimental, venant de toi, murmurai-je dans ses cheveux.

— Si tu le racontes à quelqu'un, je nierai, souffla-t-elle en réponse.

On frappa deux fois à ma porte, et elle s'ouvrit sans y être invitée.

— Excusez-vous, intervint sèchement Moira. On aurait très bien pu être en pleine relation sexuelle lesbienne et...

— Je sais que tu es hétéro, banshee, répondit Laran avec un petit sourire narquois.

— Tu n'en sais rien, répondit Moira d'un ton irrité.

— Si, je le sais.

Son air sûr de lui et le bref souvenir de la marque me firent rougir. Il me fit un clin d'œil et tint la porte ouverte, nous faisant signe de sortir.

— Vous désirez toujours passer par la maison avant que nous nous rendions à l'appartement ?

— Oui, j'ai besoin de récupérer quelques affaires. Bandit devient complètement fou sans son petit éléphant rose.

Près de moi, Moira acquiesça d'un grognement. Il nous a tenues éveillées la moitié de la nuit en essayant de se faufiler sous les couvertures pour me mordiller les pieds parce que je l'ignorais. Cette saleté m'avait mordue jusqu'au sang la nuit dernière. Oui. Maintenant que j'y pense, il s'adaptera tout à fait en Enfer.

— La banshee vient aussi ? demanda Laran.

— La banshee a un prénom, tu sais, répondis-je.

Il ne fit même pas semblant d'afficher une expression réprobatrice ou désolée. Je le soupçonnai d'en vouloir encore à Moira pour lui avoir sonné les cloches, deux semaines auparavant, parce qu'il avait tambouriné à ma porte. Et l'on ne pouvait pas dire qu'elle faisait en sorte d'arranger les choses.

— Je vais rester un peu pour continuer quelques cartons, répondit Moira, en refusant l'invitation d'un geste de la main.

— Tu es sûr ? insistai-je.

— Oui, je passerai par la maison ensuite pour charger plus de cartons dans la voiture et je te retrouverai à l'appartement, dit-elle, en me poussant littéralement vers la porte.

Je l'embrassai sur la joue et sortis avec Laran.

Le ciel aujourd'hui était d'un bleu immaculé, sans un seul nuage, mais le coucher de soleil se profilait déjà. Partout sur la ville, le bleu s'assombrissait en une teinte indigo et violet alors que le soleil frôlait l'horizon. Sans la couverture nuageuse, l'air était encore plus froid et mes dents se mirent à claquer au bout de quelques secondes.

— Tu as froid ? demanda Laran en tirant ma main de ma poche. Je ne m'en plaignis pas, car sa main était chaude, presque anormalement chaude.

— Comment se fait-il que tu n'aies pas froid toi ? demandai-je en regardant nos mains enlacées.

— Je suis un être élémentaire. Nous ne ressentons pas le froid de la même manière que le reste des démons, gronda-t-il.

Si seulement il se doutait de l'effet que ce son pouvait avoir sur moi...

Maîtrise-toi, Ruby. De la maîtrise.

— Tu es un être élémentaire ?

Il acquiesça d'un signe de tête.

— Je ne le savais pas.

Il hocha à nouveau la tête.

— La plupart du temps nous restons secrets à propos de nos pouvoirs. Lorsque l'ennemi ignore l'étendue de notre puissance, il pèche par excès de prudence. Et il est plus enclin à commettre de stupides erreurs, un peu comme le lutin avec toi, répondit-il.

Là tout de suite, je ne voulais pas penser au lutin. Pas après avoir cru l'apercevoir à de si nombreuses reprises ces deux dernières semaines. Je réfléchissais trop... cela me poussait à me demander pourquoi il n'avait encore rien tenté. Qu'était-il en train de manigancer ? Nous autres démons ne savions ni pardonner ni oublier, pourtant au lieu d'en parler, je changeai de conversation.

— Tes inclinaisons vont vers quels éléments ? Le feu je le sais... pourtant j'imagine que ce n'est pas le seul.

Je repensai à la nuit où Josh était mort et comment Laran avait mis le feu à son corps. Je frissonnai à nouveau, et non pas à cause du froid. Je n'avais pas peur de Laran, du moins plus maintenant. Nous étions tous les deux capables de choses horribles.

— Je contrôle tous les éléments naturels sous toutes leurs formes.

— Vraiment ? Quel degré de contrôle ? demandai-je.

Je regrettai immédiatement de l'avoir fait. Le vent se leva dans les cieux, hurlant comme un chien de chasse. Des nuages roulaient dans le ciel, jusqu'alors immaculé. De l'électricité transperça l'air quand un éclair frappa le sol à un mètre cinquante devant nous.

Je m'arrêtai dans mon élan et restai figée au milieu du parking. Mon cœur battait la chamade dans ma poitrine et j'écarquillai les yeux en jetant un regard furtif vers Laran.

Non seulement il avait suffisamment de maîtrise pour brûler un corps.

Mais il pouvait également contrôler l'atmosphère.

Ce genre de pouvoir était... inestimable.

S'il pouvait déclencher une tempête en l'espace d'une seconde, de quoi était-il capable lorsqu'il était en colère ?

— Tu peux provoquer des catastrophes naturelles. C'est la raison pour laquelle tu es Guerre, murmurai-je.

Les mots flottèrent entre nous à mesure que la pression tombait. Nous enveloppant, nous rapprochant, tels des aimants. Ses yeux lançaient des éclairs allant du noir jusqu'aux rouges les plus sombres. Pas scintillants comme une rose ou un rubis, mais étincelants de danger et de secrets.

— Je maîtrise parfaitement tous les éléments, cependant je suis connecté au feu. Peut-être est-ce la raison pour laquelle je suis également attiré par vous.

Calme-toi, oh mon cœur emballé ! Laran n'était pas ce que l'on pouvait appeler un beau parleur, cependant cela ne rendait ses mots que plus attachants.

— Vous autres, Cavaliers de l'Apocalypse, vous êtes plus directs que les humains. Je ne sais pas si je devrais trouver cela rafraîchissant ou inquiétant, chuchotai-je en réponse.

Il me serra tendrement la main, mais avec assez de force pour me faire frissonner.

— C'est parce que nous ne sommes pas des hommes, mais des démons et en tant qu'héritiers de l'Enfer pour certains d'entre nous... nous prenons ce que nous désirons. Tu as apposé ta marque sur moi,

Ruby Morningstar. Tu ne pourras plus jamais te débarrasser de moi désormais.

Ses paroles attisaient le feu sur ma peau. Des mots dont je me délectais. Il y avait juste une chose...

— Ne confonds pas cette marque avec de l'amour. La bête est possessive. Tu l'apprécies peut-être aujourd'hui, pourtant un jour, si tu rencontrais quelqu'un d'autre...

Je m'interrompis en regardant ses lèvres.

— Je ne peux le promettre, mais il se pourrait que je les brûle vivante.

— L'unique raison pour laquelle l'humain a survécu aussi longtemps est parce que tu n'as pas répondu à ses sentiments. Rassure-toi, Ruby, cette marque n'est pas à sens unique. Tu me possèdes peut-être, pourtant si je ne t'ai pas marqué moi aussi, c'est seulement parce que tu partages ta chambre avec une banshee. Pour le moment.

Oh merde.

Comment ses paroles pouvaient-elles m'exciter autant alors qu'elles m'effrayaient tout autant ? Il ne fallait pas s'y tromper, j'avais envie de lui faire l'amour tout le temps.

Mais se marquer l'un l'autre ? La bête s'agitait et s'activait, essayant de sortir à coups de griffes. Elle voulait le faire. Avec chacun d'entre eux.

Je n'étais pas sûre d'être prête pour ce genre d'engagement, mais j'imagine que j'aurais dû y penser avant et avoir une conversation avec la traînée en moi, avant qu'elle ne me pousse à le marquer.

Quelle merde.

— Nous devrions probablement monter dans la voiture avant que je n'agisse de manière inconsidérée, murmura Laran.

Je me mordis l'intérieur de la joue afin de ne pas me pencher vers lui...

Nan. Nan. Ressaisis-toi, Ruby. Sois forte.

Au lieu de m'avancer pour l'embrasser, lui mordiller les lèvres, et faire fondre la maîtrise dont il faisait preuve, je me remis en route sur la pointe des pieds.

— Oui, probablement.

Tandis que je conduisais en silence, je ne pus m'empêcher de remarquer les nuages qui se dispersaient. C'était un silence agréable, nullement gênant. Je fis patienter Laran dans le salon, car il avait refusé d'attendre dans la voiture, pendant que je récupérais dans ma chambre, quelques affaires dont j'avais besoin : l'éléphant rose et le hamac de Bandit, d'autres vêtements pour la semaine et l'amaryllis que je gardais dans ma chambre. Seulement pour avoir un souvenir de chez moi.

Nous fîmes notre tour en moins de quinze minutes, et trente minutes plus tard nous nous garions sous leur immeuble. Cela nous aurait pris moitié moins de temps sans les embouteillages.

Nous traversâmes le garage, Laran portant la plante d'une main et l'éléphant rose de l'autre. Le bruit de nos pas résonnait dans le silence. Le parking privé d'un des gratte-ciel les plus exclusifs de Portland était plutôt vide. Le peu de voitures garées là faisait honte à ma Coccinelle. La moins chère coûtait facilement cent plaques. Il n'y avait aucun tatoueur parmi les locataires, ça, c'était certain.

— Votre société doit être prospère pour que vous puissiez vous permettre un endroit tel que celui-ci, dis-je appuyant sur le bouton.

— Hmmm ? s'enquit-il.

— Votre société ? Rysten en a parlé la nuit dernière, répondis-je pensivement en entrant dans l'ascenseur.

— Il t'a parlé de Cock Brothers ?

Il inséra une carte d'accès tandis que ma main se posait sur le bouton indiquant PH. J'y appuyai une fois et le regardai du coin de l'œil pendant que les portes se refermaient.

— Les *Coqs* Brothers ? demandai-je.

Il me fixa. J'inclinai la tête en arrière et éclatai de rire.

— Vous vous êtes baptisés les *Coq* Brothers ?

— Pas ce genre de coqs, répliqua-t-il sur la défensive.

Comme si c'était moi qui avais l'esprit mal tourné.

— Caux. C.A.U.X.

— Comme si c'était mieux, ironisai-je.

— C'est Allistair qui l'a choisi, grommela-t-il.

Ce qui me fit glousser à nouveau.

— Pourquoi ne suis-je pas surprise ? dis-je tandis que les portes carillonnèrent en s'ouvrant.

Je sortis de l'ascenseur et m'arrêtais émerveillée devant la scène qui s'offrait à moi. Rysten se trouvait dans la cuisine, tentant désespérément de protéger quelque chose. De la nourriture. Un poulet rôti, à en juger par l'odeur. Muni de maniques, il tenait des pinces dans une main et un grand plat qui dégageait encore de petits nuages de vapeur.

Ce ne fut pas ce qui attira mon attention. Pas vraiment.

Mais plutôt le fait qu'il écartait le plat du comptoir en faisant claquer les pinces comme s'il s'agissait d'une arme, tentant de décourager un certain raton laveur qui se trouvait sur le plan de travail.

— Oust, dégage ! Pas de nourriture pour la vermine, houspillait Rysten en donnant de petits coups de pinces vers Bandit.

Il se hissa sur ses pattes arrière et se mit à siffler, en faisant glisser une de ses pattes vers le poulet pour tenter de l'attraper.

Que le Diable me vienne en aide.

— Que faites-vous ? leur demandai-je.

Rysten et Bandit se figèrent en pleine bataille et tournèrent lentement la tête vers moi. Laran sortit de l'ascenseur à mes côtés et se mit à rire aux éclats.

— Qu'est-ce qui te fait rire ? demanda Rysten.

— Vous deux.

— Il essaie de chaparder cette satanée nourriture. Tu voudrais que je fasse quoi ? demanda Rysten.

Bandit laissa échapper un petit gazouillis en tournant lentement pour traverser le comptoir.

— C'est un raton laveur, Rysten. Tu t'imagines quoi ? L'as-tu nourri et lui as-tu donné plein d'eau comme je te l'avais demandé ?

Je fis un geste à Bandit pour qu'il approche, alors il sauta et se mit à courir.

— Oui, j'ai fait tout ce que tu m'as demandé de

faire. Il est pire qu'un cerbère quand tu n'es pas là, expliqua Rysten.

Il entreprit de reposer doucement le poulet sur le comptoir, surveillant Bandit de près car il s'attendait à ce qu'il fasse demi-tour pour s'y attaquer. Je ne pouvais pas vraiment lui en vouloir, Bandit l'avait déjà fait avant.

— Écoute mon petit Bandit, il va vraiment falloir que l'on travaille tes manières pour...

Je perdis mes mots en le voyant se diriger vers Laran et tirer sur son jean. Pas à moi. À Laran.

Il attendit trois bonnes secondes puis Laran se baissa pour lui tendre son éléphant rose, mais Bandit ignora l'éléphant pour se précipiter le long de son bras pour se hisser sur son épaule. Laran se redressa, plaça l'éléphant au creux de son autre bras et gratta Bandit derrière l'oreille.

— Qu'y a-t-il ? me demanda Laran.

— Rien, répondis-je à la hâte, me ruant dans le salon.

Je n'avais jamais vu Bandit agir de la sorte avec quelqu'un d'autre que moi. Pas même avec Moira. Jamais il n'avait été plus loin que de tolérer la présence de rares personnes. Le fait que Laran commençait à lui plaire... me donnait espoir.

Je traversai le salon et, pour la première fois, il ne

me parut ni stérile et austère. Des touffes de poils noirs étaient accrochées au tissu blanc onéreux, un signe que Bandit s'y était amusé.

Malgré la pureté des murs blancs, des sols en marbre et du mobilier dans ce même camaïeu... je préférais quant à moi une ambiance plus chaleureuse.

Je m'engageai dans le couloir à gauche de la cheminée, menant à la chambre provisoirement attribuée à Moira et moi, coincée entre celle de Rysten et celle de Julian. Les choses que nous voulions conserver étaient rangées dans des cartons alignés le long du mur au fond de la pièce. Apparemment il est possible d'apporter des biens en Enfers. Il fallait juste gruger pour accomplir les tracasseries administratives et passer les gardiens des Portes. Qui était au courant de cela ? C'est l'avantage d'avoir les Cavaliers de l'Apocalypse dans sa manche, j'imagine.

Je jetai mon sac en toile sur la couette d'un noir passé. Le réveil de Moira, vert citron, indiquait cinq heures et demie en grands chiffres blancs et lumineux. Je me demandai à quelle heure elle allait arriver. Elle avait dit qu'elle allait faire des cartons, ce qui signifiait qu'elle comptait faire du ménage tant qu'à y être, toute seule, cette tâche pourrait très bien l'occuper jusqu'à dix-neuf heures, mais au moins elle éviterait les bouchons.

— Le dîner est prêt, lança Rysten derrière moi.

Je tournai la tête pour lui sourire timidement.

— Après vous.

Lorsque nous revînmes dans la cuisine, Laran était penché sur le comptoir, occupé à donner des petits bouts de poulet de sa propre assiette. Je souris à mon raton laveur en secouant la tête.

— Es-tu obligé de le nourrir sur la table ? demanda Rysten en nous essuyant deux assiettes.

Laran l'ignora alors que Rysten les disposait sur le bar avant d'avancer une chaise au milieu pour moi.

— Tu en fais tout un plat, tu ne trouves pas ? répliqua Laran sans nous regarder.

Je ravalai un gloussement et Rysten le fixa en déplaçant son siège de l'autre côté.

Nous dînâmes relativement silencieusement, car chaque fois que l'un d'entre eux engageait la conversation avec moi cela se ponctuait de petits gestes agacés et de petits commentaires mesquins. Au moins, le repas était délicieux. Un poulet rôti, des pommes au four et des haricots vers. Je dévorai deux assiettes avant de devoir abandonner et mettre ma vaisselle dans l'évier.

Nous nous installâmes sur le canapé où le malaise perdura. Laran s'installa sur ma gauche et Rysten à ma droite, pendant que Bandit s'enfuit avec son éléphant rose, pour probablement le dissimuler sous mes draps afin que je le trouve plus tard.

— Que voulez-vous regarder à la télé? demanda Rysten en zappant sur Netflix.

— Nous pourrions regarder la saison deux de *Murder*.

— D'accord.

Il appuya sur démarrer et le générique débuta. Après seulement dix minutes, une tension sous-jacente commença à s'installer entre nous trois. Je jetai un coup d'œil en coin à Rysten, mais il regardait fixement la télé. Lorsque je tournai les yeux vers Laran, il avait le coude plié et le menton dans sa main.

Eh bien, peut-être que le fruit de mon imagination. Je croisai les mains sur mes genoux et tentai de me concentrer sur le programme. Ça ne fonctionnait pas. Il ne me fallut que dix minutes de plus avant que je ne me mette à gigoter dans tous les sens sur le canapé. Je relevai mes pieds et ramenai mes genoux sous mon menton, enroulant mes bras autour de mes jambes.

Voilà. Peut-être que ça arrangera les choses. Ainsi, je ne touchais absolument personne.

Cinq minutes passèrent...

Puis dix minutes...

Et encore quinze minutes...

Le programme était presque fini et je n'avais pas la moindre idée de ce dont ça parlait. À un moment, Rysten et Laran s'étaient glissés furtivement plus près de moi. Tous les deux étaient de sales sournois et je n'avais rien vu venir.

Ah Diable. Je me levai et me dirigeai vers la cuisine. Sous le plan de travail, sur la droite, ils avaient la cave à vin que Rysten m'avait si gentiment indiquée. J'allais en faire bon usage.

— Que fais-tu ? demanda Rysten.

— De toute évidence elle se sert un verre de vin, se moqua Laran.

Cette façon qu'ils avaient de se lancer des piques, même si c'était parfois amusant, commençait à me taper sur les nerfs.

— Qui a parlé d'un verre ? murmurai-je pour moi, en sortant une bonne bouteille de Chardonnay avant d'en enlever la capsule. Je fouillai dans trois tiroirs avant de trouver l'ouvre-bouteille.

— Ah ah..., lâchai-je à voix basse.

Je retirai le bouchon et en humai le doux parfum.

Je bus une petite gorgée directement à la bouteille en gémissant de plaisir.

— Tu t'amuses bien, là-bas ? me cria Laran.

Je leur fis un geste pour qu'ils me laissent tranquille et pris une plus grande gorgée. Ce vin blanc charpenté me réchauffa, comme un vieil ami. Le mélange du fruit et du doux et léger arôme de vanille était tout bonnement excellent.

Je n'étais pas une œnologue émérite, mais rien n'empêchait de faire semblant, non ?

— Alors, qu'ai-je manqué ? demandai-je en escaladant le canapé pendant le générique. Ils me regardèrent, diversement amusés, tandis que je me laissai tomber entre eux la bouteille à la main. S'ils voulaient tester mes limites, je saurais être à la hauteur. Surtout grâce au fidèle allié que je tenais à la main.

— Pas grand-chose. Je ne comprends pas la finalité de ce programme, grommela Laran.

— Que ne comprends-tu pas ? Viola Davis est une avocate sans scrupule, suivie par un groupe d'étudiants en droit. Entre-temps ils ont commis un meurtre ou bien se sont frottés à la mauvaise personne, et doivent le dissimuler. D'où le titre *Murder*. Ce n'est qu'une grosse production. Pas besoin de trop réfléchir.

Je m'interrompis pour prendre une autre gorgée de Chardonnay. Il était vraiment savoureux.

— Voilà ce à quoi les humains passent leur temps ? demanda-t-il, incrédule.

— Plus ou moins, oui, répondis-je.

Il tendit la main vers la bouteille de vin et j'hésitai à lui dire de se prendre la sienne. D'un autre côté, techniquement ça lui appartenait et j'étais celle qui vivait à leurs crochets. Ainsi soit-il. Je lui passai la bouteille.

— Si tu l'as finie, tu devras aller en prendre une autre !

Il descendit à peu près un tiers de la bouteille en deux gorgées. Connard.

Rysten démarra l'épisode suivant tandis que Laran me rendait la bouteille. Je me décalai pour poser ma tête sur son épaule et jetai mes jambes d'un coup sur les genoux de Rysten.

La bête ronronnait, car elle préférait cette situation. Après un bref moment de silence, sous le choc, ils se calmèrent. Laran se déplaça légèrement afin que ma tête repose sur son torse tandis qu'il passait un bras autour de ma taille.

Pour ces seules raisons, je pourrais les garder. Rysten savait cuisiner et Laran s'arrangeait bien avec Bandit. Tous deux semblaient savoir se poser douillettement. Même si je suspectai que si nous n'avions pas été trois, nous serions en train de faire tout un tas de choses autrement plus intéressantes que de faire semblant de regarder un programme à la télé.

Je finis la bouteille de vin en seulement quinze minutes, bien que je ne sois pas la seule à boire, car Laran n'avait pas cessé de me voler des gorgées en grimaçant. Il me donnait plus l'impression d'être plus un buveur de bière. Vous savez, ce type de gars qui lance des haches torse nu en buvant des chopes de bière. Mais qui étais-je pour dire à un homme ce qu'il devait boire ?

Nous regardâmes un autre épisode ou deux, et nous installèrent dans une sorte de sérénité temporaire. J'avais conscience qu'il ne manquait pas grand-chose pour que les railleries refassent surface lorsque de temps en temps un des personnages faisait ou disait quelque chose qui poussait Laran à lever les yeux au ciel, ou encore à lancer des regards renfrognés tandis qu'il protestait contre leur stupidité. Rysten se contenta d'afficher un sourire narquois et nous échangeâmes un sourire complice. Il comprenait la série et pourquoi je l'appréciais. Il m'amadouait ainsi, et je savais que je lui serais éternellement reconnaissant au fil du temps pour cela. À part Moira, il était le seul.

Moira...

Quelle heure pouvait-il être ? Pourquoi n'était-elle pas rentrée ?

Quelque chose clochait.

Alors que les génériques s'enchaînaient sur l'écran pour la troisième fois, j'enlevai mes jambes de celles de Rysten, et me levai sur le sol de marbre.

— Je dois aller aux toilettes, leur dis-je.

Je ne mentais pas, mais ce n'était pas toute la vérité. Le bras de Laran glissa de ma taille tandis que je me levai du canapé et m'engageai dans le couloir jusqu'à la salle de bain. Je m'accrochai toujours à la bouteille de vin vide d'une main, et de l'autre je me saisis de mon téléphone.

Il était presque vingt heures trente.

Et je n'avais pas de nouveaux messages.

Submergée par l'angoisse et la paranoïa, je tapai un message à Moira. Quelque chose de bref, « Tu vas bien ? ». Puis je m'assis sur les toilettes. Je me lavai les mains dans le joli lavabo en pierre avant de récupérer ma bouteille de Chardonnay vide par terre.

Pourquoi l'as-tu apportée avec toi ?

Mon téléphone vibra. C'était Moira. Elle envoyait une photo.

Je fis glisser l'écran sur la gauche, m'attendant à découvrir un GIF ridicule sur le yoga ou de *Rick et Morty*.

Mais ce que je découvris... était mon pire cauchemar.

Le temps s'arrêta net. Mon cœur fit un bon et une poussée d'adrénaline m'envahit tandis que je mesurai tous les détails de la photo. La chambre de Moira. Son couvre-lit froissé. Le liquide bleu et luisant qui collait ses cheveux vert sapin à son visage.

Vert sapin. Elle ne rayonnait plus.

Ce regard hébété. Elle était en vie, mais shootée.

La sonnerie « Fergilicious » retentit sur mon téléphone, une sonnerie que je ne connaissais que trop bien.

Je fis glisser mon doigt sur la droite et portai l'appareil à mon oreille.

Tout en priant pour avoir tort.

Tout en sachant que ce n'était pas le cas.

— Tu as reçu ma photo, poupée ?

Je connaissais cette voix.

J'avais été assez stupide pour croire qu'elle resterait dans mes cauchemars.

17

— Oui, répondis-je d'une voix crispée, mais ferme.

Secrètement reconnaissante d'être parvenue à maîtriser ma voix, car Moira ne voudrait pas que je supplie.

— Parfait.

— Que veux-tu? lui demandai-je.

Bien que n'étant pas une supplique, ça y ressemblait beaucoup. J'étais prête à me mettre à genoux et à ramper s'il me le demandait.

Mais il ne le ferait pas.

Ce n'était pas suffisant pour lui. Pas après cette nuit-là. Pas après Julian.

— On dirait que je lui ai administré trop de lotus noir. Je te donne vingt minutes pour rentrer chez toi avant que je ne lui administre une deuxième dose. Celle-là lui serait fatale. Si tu en parles à quiconque, je lui mettrai une balle dans la tête et j'aurai disparu avant qu'on ne puisse m'attraper.

À la seule évocation de sa mort, la bouteille m'échappa des mains et se brisa en mille morceaux sur le sol de marbre. Une multitude de petites douleurs et brûlures me parcoururent la peau, là où je m'étais coupée. Mais je n'en avais rien à faire.

— L'horloge tourne, fille de Lucifer.

La communication fut interrompue au moment précis où la porte de la salle de bain céda. Laran et Rysten enregistrèrent immédiatement les bris de verre et mon expression terrorisée. Deux choix s'offraient à moi : mentir effrontément et m'enfuir pour jouer les héroïnes, et probablement mourir dans la foulée... ou bien leur dire la vérité et lancer les Cavaliers de l'Apocalypse dans toute leur puissance pour le tuer et la sauver.

— Il détient Moira, balbutiai-je. Il l'a enlevée.

Je savais comment se déroulaient ces jeux d'intimidation. Il voulait que je me torture de questions.

Saurait-il vraiment si je leur avais parlé ou pas ?

Irait-il jusqu'à la tuer si je le faisais ?

Les réponses étaient respectivement non et oui.

Il la tuerait, mais il n'avait aucun moyen de

savoir si je m'étais confiée aux Cavaliers de l'Apoca-lypse. Ce n'était qu'un démon. Pas une entité toute-puissante.

Il n'en saurait rien avant qu'il ne soit trop tard.

Au plus profond de mon cœur, j'entendis les premiers accords d'une marche funéraire.

Il avait enlevé Moira.

Comment ? Je n'en avais pas la moindre idée. Je ne pouvais qu'imaginer qu'il l'avait coincée d'une manière ou d'une autre avant de lui administrer de force la drogue.

L'impuissance et le désespoir m'engloutirent comme un raz-de-marée, me maintenant au fond, mais je ne succomberais pas. Pas encore.

— Ruby, il faut que tu m'expliques comment tu le sais, me demanda Laran.

Je levai mon écran de téléphone et il blêmit.

— Elle a été droguée.

— Il m'a appelée après me l'avoir envoyée. J'ai vingt minutes pour rentrer chez moi avant qu'il ne lui donne une autre dose qui la tuera. S'il vous voit approcher, il a dit qu'il lui tirerait une balle dans la tête et qu'il aurait filé avant que vous ne puissiez l'attraper, expliquai-je, la voix tremblante cette fois-ci.

Était-ce du désespoir que je ressentais au fond de moi ? Ou bien était-ce la mort ?

— Nous allons la ramener, je te le promets...

— Ne fais pas de promesses que tu n'es pas sûr de tenir.

— Ruby...

Je le poussai et m'engouffrai dans le couloir où se tenaient Allistair et Julian qui venaient d'arriver. Comment étaient-ils arrivés si vite ? Vous savez quoi... ça n'avait aucune espèce d'importance.

— Arrête ! Tu sais aussi bien que moi qu'il n'a aucune intention de la laisser en vie. Que j'y aille ou pas.

Je crachai les mots comme s'il s'agissait d'un poison et entrepris d'enfiler mes bottines sur mes pieds en sang.

— Tu as raison, intervint Julian en posant une main sur mon épaule.

Je me dégageai d'un mouvement et me précipitai vers la porte, mais Allistair me saisit par le poignet et me ramena.

— C'est justement pour cette raison que tu n'iras nulle part, lança-t-il.

— Pardon ?

Je les regardai tour à tour, essayant de comprendre pourquoi ils faisaient une telle chose.

— Que veux-tu dire par *je ne vais nulle part*? exigeai-je de savoir, la voix montant dans les aigus.

—Calme-toi, chérie. Réfléchis à ce...

— Putain, ne me dis pas de me calmer! coupai-je sèchement. Moira n'est pas seulement ma meilleure amie. Elle est ma famille. S'il existe la moindre possibilité qu'elle meure, je dois être présente.

Les flammes dans l'âtre étaient devenues bleues et baignaient la pièce d'une lumière surnaturelle. Allistair ne me lâchait pas, et les Cavaliers de l'Apocalypse ne criaient pas.

— Si tu décides de t'y rendre, alors notre priorité est d'assurer ta sécurité. Si tu l'aimes, tu resteras ici pendant que nous...

Je levai la main pour le faire taire.

— Pendant que vous allez vous battre? dis-je.

L'amertume dans ma voix n'était pas feinte, à l'instar de la dureté dans son regard. Il n'allait pas céder. Ni Allistair. Pas plus que Rysten. Ou même Laran... qui pourtant semblait me comprendre.

—Oui.

Je secouai la tête, incrédule. J'étais censée être reine, et régner un jour. Et je ne pouvais même pas faire en sorte qu'ils me laissent m'occuper d'un démon toute seule. Un démon *qu'ils* ne semblaient pas parvenir à localiser. Mais je décidai d'être raisonnable et leur racontai tout. Pas un seul secret.

Et pourtant... je commençai à me demander si cela faisait partie des servitudes qu'être l'héritière de l'Enfer engendrait. Régner et être prisonnière...

Et si Moira mourait...

— Je te le dis clairement, *Mort,* repris-je en crachant son nom comme s'il était empoisonné. Je mourrai si elle meurt. Alors vous avez intérêt à tout donner pour la sauver. Je me fiche de ce que vous devrez faire. Je me fiche de qui vous devrez tuer. Tu m'entends ? Je m'en fiche. Mais si vous ne pouvez pas me la ramener vivante, alors ce n'est pas la peine de revenir, car il n'y aura personne ici à vous attendre.

Ce n'était pas la bête qui parlait, mais la Reine. La reine à venir. De ma vie, je n'avais jamais exigé quoi que ce soit des gens, mais aujourd'hui... Aucun coût ne serait trop élevé pour Moira. *Aucun.*

Ils me regardaient tous, hébétés, tandis que je me dégageai de l'emprise d'Allistair pour m'installer sur un siège du bar. Bandit arriva en courant du couloir et sauta sur mes genoux pour se lover contre moi, pour me protéger.

Puis sans prévenir, ils se remirent à discuter

entre eux, mais personne n'osa me demander mon opinion.

Tu parles d'un tissu de conneries.

Mon téléphone vibra à nouveau et mon estomac se serra.

Je vous en prie, faites qu'il ne soit pas au courant...

Mais ce n'était pas un texto de Moira.

Ça venait d'un numéro inconnu. Je fronçai les sourcils en dissimulant mon téléphone derrière Bandit et j'ouvris le message.

— *Tu es en retard au travail.*

Je fixai ces six petits mots. En retard au travail ? Le Blue Ruby était fermé. Je n'avais pas de clients, et par le diable, aucun d'entre eux ne dirait...

Je répondis lentement.

— *Qui est-ce ?*

La réponse fut instantanée.

— Un ami.

Un ami, vraiment ? J'aurais pu m'engager dans un échange de texto pendant toute la journée pour tenter de deviner de qui il s'agissait, mais Moira n'avait pas une journée devant elle. Pas même une demi-heure.

Je lançai un coup d'œil vers les démons qui discutaient stratégie devant moi, essayant de déter-miner comment entrer dans la maison. Ils débattaient de qui devait s'y rendre et de qui devrait rester. Pour me protéger, bien entendu.

Eh bien en fait, qu'ils aillent se faire foutre !

— *Mon amie est-elle au travail ?*

J'attendis la réponse. À présent, les gars parlaient avec animation et je sentais qu'il était presque temps.

Mon téléphone vibra encore.

— *Oui.*

Merde. Si cela signifiait ce que je pensais...

— *Merci.*

Je verrouillai mon téléphone au moment où les Cavaliers se séparèrent pour me regarder. Seulement cinq minutes s'étaient écoulées et déjà tant de choses avaient changé. Il y avait deux camps, maintenant : moi et mes secrets d'un côté, et eux dans l'obscurité de l'autre.

Je n'avais pas la moindre idée de ce qui les attendait chez moi, mais je sentais dans mes tripes que ça n'allait pas être joli.

— Trois d'entre nous vont y aller, et un restera ici. On décide ? lança Julian.

SI c'était là un test pour savoir celui que je préférais, alors ils se mettaient le doigt dans l'œil.

Je les regardais l'un après l'autre en réfléchissant, mais un plan se formait déjà dans ma tête. Je déglutis, en espérant qu'il ne me détesterait pas quand tout cela serait fini. En priant pour ne pas m'être trompée sur lui.

— Laran va rester.

Julian ne laissa rien paraître, et Allistair, bien qu'un tantinet jaloux, savait que je ne l'aurais pas choisi. Le seul qui le prit vraiment à cœur fut Rysten.

Le problème de Rysten était qu'il m'appréciait beaucoup trop pour ça. Pour ce dont j'avais besoin.

Laran aimait le feu, les risques, la passion, la fureur.

Si l'un d'entre eux devait être à l'écoute, c'était bien lui. S'il ne le faisait pas... je traverserais le fossé entre nous, le jour venu.

—Je suis désolé, dit Rysten.

Il paraissait sincère. Je ne répondis pas, pas même un au revoir quand Julian et lui se fondirent dans l'obscurité avant de disparaître.

— Prends soin de toi, petite succube, murmura Allistair.

Il se tourna et marcha tout droit dans un miroir d'une taille obscène. Je pensais qu'il en avait tant parce qu'il était vaniteux, mais un miroir magique était tout aussi logique. J'enregistrai l'information pour plus tard.

Mon téléphone vibra une dernière fois, cependant je n'osai pas le consulter, car Laran me surveillait de près. Il traversa le salon d'un pas assuré et vint se placer entre mes jambes tandis que je restai perchée sur mon tabouret de bar.

— Tu ne m'as pas choisi parce que tu me préfères, ni pour vexer les trois autres.

— Non, c'est vrai.

Il hocha la tête et plaça sa langue contre sa joue.

— Pourquoi m'as-tu choisi, Ruby ?

Il n'avait pas parlé durement ni avec aucune impertinence, mais avec honnêteté, de manière résignée.

Avec transparence.

— Parce que tu es Guerre. Parce que tu es intelligent et que tu peux penser à ton ennemi si tu parviens à ne plus penser à moi. Jusqu'à maintenant, aucun d'entre vous n'a pensé qu'à moi. Honnêtement, peux-tu m'assurer que tu crois que cet ennemi serait suffisamment idiot pour me dire où se trouve ma meilleure amie, au risque que je vous le révèle ?

Je prenais un grand pari sur ce coup-là, mais il fallait qu'il me fasse taire. Je patientai un moment pendant qu'il pesait le pour et le contre.

— Non, répondit-il enfin.

— Que ferais-tu ? demandai-je en essayant

désespérément de ne pas passer mon temps à consulter ma montre.

Il fallait qu'il me croie. Il fallait qu'il y croie. Qu'il réalise que j'étais plus intelligente et plus forte qu'ils ne le croyaient. Qu'il me fasse suffisamment confiance pour ne pas tenter de m'arrêter.

Il inclina sa tête un instant, et pour la première fois je compris que la roue était en train de tourner.

— Je tendrais un piège et ensuite je la déplacerais, et j'anticiperais le fait que tu nous le dises. De cette manière, si ce n'était pas le cas, tu serais éliminée, dans le cas inverse, ce serait nous. D'une façon ou d'une autre, quelqu'un mourrait. Après je tuerais Moira et disparaîtrais dans la nuit...

Il me fixa les lèvres entrouvertes. Était-ce le choc ? Ou bien était-ce de la suspicion ? Quoi qu'il en soit, le temps nous était compté.

— Elle ne se trouve pas dans ta maison. Mais ça, tu le savais déjà.

— Je pense aussi qu'il n'a pas attendu pour lui administrer une dose mortelle de Lotus Noir. Moira n'est pas une démone de sang pur, Laran, alors s'il l'a fait, elle est en train de mourir.

J'étais en miettes à l'intérieur. J'avais les mains moites. Mon pouls s'emballait. J'arrivais à peine à réfléchir, et je n'osais pas écouter mes sentiments.

— Tu as raison. Elle n'est pas la vraie cible.

— Ce n'est pas moi non plus. C'est vous. Vous l'avez détruit pour m'avoir touchée. Julian a tué les démons qui lui restaient. Rien de tout cela n'a jamais été à propos de moi, ça le devient aujourd'hui uniquement, car il sait comment vous atteindre.

Malgré le mal que je venais de lui faire, il ne cilla pas et ne détourna pas le regard. Il s'en voulait tellement pour cette nuit-là, tellement plus que moi, mais je ne lésinais pas pour la vérité. Pas quand la vie de Moira était en jeu. Je refusais.

— Si quelque chose t'arrive, je ne me le pardonnerai jamais, déclara-t-il.

Je voyais pourtant qu'il commençait à céder.

— Si quoi que ce soit arrive à Moira, je ne serai plus la Ruby que vous connaissez. Je n'en aurai plus rien à faire que l'Enfer gèle ou qu'arrive l'Apocalypse.

Chacune de mes paroles agissait comme un pic à glace contre son armure. Je m'attaquais sans relâche aux liens qui les unissaient entre eux, lui demandant l'impensable et de se retourner contre eux.

— Je ne te demande pas de me tuer, Laran. Je te demande de me faire confiance. Je ne suis pas une créature sans défense, et je suis lasse que vous me traitiez comme si c'était le cas. Je comprends que le monde est dangereux, pourtant comment voudrais-tu que je règne un jour sur l'Enfer si vous ne me laissez pas prendre mes propres décisions ? Moira est en train de mourir, et si nous ne la sauvons pas, alors vous ne pourrez qu'à vous en prendre à vous-même si je deviens la bête que vous voulez à tout prix me voir maîtriser.

Il serra les mâchoires, et je sus que c'était un coup bas, mais nous n'avions plus le temps. C'était maintenant ou jamais.

— Ne me fais pas regretter cela, grogna-t-il.

Oh merci.

À présent, j'espérais seulement que nous avions encore le temps.

— Nous devons aller à mon salon. Je crois qu'il la détient...

Je me dirigeai vers l'ascenseur lorsqu'un tourbillon de flammes apparut devant moi.

— Vous pouvez voyager par le feu ? m'exclamai-je en fixant ce qui aurait très bien pu être les portes de l'Enfer.

Impossible de le savoir sans franchir le pas.

— Oui, répondit-il dans un souffle, en prenant ma main dans la sienne. Nous ne disposerons que d'une fraction de seconde avant qu'il ne réalise que nous sommes là. Ton boulot sera de t'occuper de

Moira. Ne lui parle pas à moins d'y être forcée. Nous ne savons pas combien ils seront. Tu comprends ce que je te dis ?

J'acquiesçai d'un signe de tête en fixant les flammes. Il n'y avait pas si longtemps de cela, j'avais peur des hommes et des démons. Je faisais tout ce que je pouvais pour les éviter et je faisais profil bas la plupart du temps. Bien sûr, parfois je jouais avec le feu, mais j'avais toujours su que je finirais par me brûler.

Pour la première fois de ma vie, j'affrontais le danger par choix et je pouvais dire en toute sincérité que je n'avais pas peur. Les flammes caressaient mon visage, mais je les regardais en face prête pour ce qui allait arriver. J'étais l'amie de Mort et une reine des démons, ainsi qu'une tueuse d'hommes.

J'étais une femme en feu, et les flammes n'obéissaient qu'à moi.

** Julian **

ELLE ME DÉTESTAIT.

Plus que tous les autres, elle me détestait. Pourtant, nous ne pouvions l'abandonner.

Elle ne maîtrisait pas ses aptitudes. Ruby avait autant de chance de condamner la banshee que de la sauver, surtout si près de la transition.

Elle était comme un baril de poudre à la merci d'une étincelle.

Et lorsqu'elle exploserait...

Je hochai la tête, car ce qu'il s'était passé cette nuit n'avait pas d'importance. Je l'avais déçue. Elle était ma reine, et j'en avais fait ma prisonnière.

Mais je ne pouvais vraiment pas le faire. Même si Moira mourait et que Ruby ne me pardonnerait jamais... au moins elle serait en vie.

— *Tout va bien se passer, mec. Elle s'en remettra.*

Rysten me donna une claque dans le dos. Je me dégageai d'un mouvement en montrant les dents.

— *Non, frérot, ce n'est pas vrai. Elle te pardonnera parce que tu es aussi pathétique que ces saletés d'humains. Mais je pense qu'elle ne me pardonnera pas.*

Je lui crachai au visage, mentalement. Nous nous glissâmes furtivement jusqu'à une maison plus bas que la sienne et restâmes dans l'ombre en remontant la rue. C'était étrangement tranquille, comme le calme avant la tempête. L'air était pesant, nous étions prêts à nous battre en pénétrant dans le jardin.

Les fenêtres fracassées étaient colmatées par des planches d'où ne filtrait aucune lumière. Pas le moindre signe de vie.

— *Tu entends quelque chose* ? demanda Rysten.

Il s'arrêta et inclina la tête.

— *Pas le moindre. Seulement le tic-tac d'un réveil*, répondit-il.

Je serrai les dents, les mâchoires crispées. Je devais franchir la porte d'entrée en premier, tandis que Rysten pénétrait par la porte arrière et qu'Allistair faisait le guet dehors.

— *Allistair.*

— *Je suis en place*, répondit-il immédiatement.

Nous ne pouvions le voir, mais c'était le but. Si nous ne pouvions le voir, personne d'autre ne le pouvait.

— *Je rentre*, leur dis-je à tous les deux.

Rysten sortit de l'ombre et se déplaça près de la porte de derrière.

— *Trois.*

Je traversai le jardin en quatre enjambées.

— *Deux.*

Je sautai sous le porche et atterris aussi légèrement et silencieusement qu'un coup de feu.

— *Un.*

Ma chaussure frappa la porte qui sortit de ses charnières. Je me propulsai dans la maison et me dirigeai dans la chambre, lorsque j'entendis quelque chose.

— *Julian ! Julian, ce n'est pas un réveil, c'est une...*
— Bombe, finis-je.

Boum !

Ma peau se ratatina et se désagrégea en couches qui s'arrachaient par lambeaux sous l'effet dévastateur du feu. Tendons et ligaments se tendirent avant de céder sous l'impact qui brisa chaque os de mon corps. Je n'eus pas le temps de crier ou de comprendre la douleur. En attendant que mon corps se répare tout seul, je me concentrai sur le peu de conscience qu'il me restait alors même que mon corps craquait de toutes parts. Je pouvais entendre l'écho des voix de mes frères d'armes.

— *Il est à terre, et je n'arrive pas à contacter Guerre.*

— *Que veux-tu dire ? Bordel, où est Ruby ?*

— *Tout ceci n'était qu'un piège. Merde, où sont-ils ?*

Je m'évanouis dans le vide où se retrouvent les âmes pour traverser. Si je n'avais pas été la Mort, je ne serais plus de ce monde, mais heureusement j'étais plus qu'un humain et plus qu'un démon.

J'étais un dieu.

Immortel.

Débordant d'une colère si froide qu'elle me brûlait.

Il avait posé une bombe destinée à Ruby.

Quelqu'un allait payer de son sang.

Je pliai les doigts et ouvrai les yeux.

L'unique chose plus éternelle et garantie que mon immortalité était la vitesse à laquelle je mettrais fin à sa vie dès que je le trouverais.

18

Nous franchîmes les portes ensemble et réapparûmes dans mon bureau. En une fraction de seconde, les portes étaient fermées, cependant à notre grand désarroi... ce n'était pas le cas de la porte de mon bureau.

D'où nous nous trouvions, tout ce que l'on pouvait voir c'était le mur du box, et même si tout était silencieux, nous n'étions pas seuls. De lents applaudissements retentirent. Je lançai un regard vers la porte, mais le bruit ne venait pas de là. Ni de derrière nous. Les applaudissements rebondissaient autour de nous, en nous, au-dessus de nous, mais pas d'en bas. Le bruit était partout et c'est à ce moment-là que je compris que j'étais en détresse.

Je me tournai vers Laran, mais je ne le trouvai nulle part. C'était comme s'il avait disparu.

Mais ça ne peut pas être vrai.

N'est-ce pas ?

— Je suis ravi que tu aies décidé de venir, poupée. Je ne pensais pas que tu comprendrais, cependant les bonnes surprises sont *toujours* les bienvenues.

La voix des démons résonnait dans mon esprit.

Ça n'était pas possible. Il n'y avait aucun écho ici. Ça n'avait aucun sens.

J'avançai d'un pas hésitant vers la porte et le rire de dément qui faisait écho.

Étrangement sa voix noyait tout le reste. Je ne pouvais entendre que lui, même si j'étais certaine que Laran se trouvait toujours avec moi. Il ne m'abandonnerait jamais... pourtant je n'arrivais pas à le voir.

Où était-il parti ?

Je fis trois pas de plus vers la porte lorsqu'elle se retourna. Le plancher était devenu le plafond, mais j'étais toujours debout sur le sol. Je tournai en rond lorsque je sentis un contact furtif dans mon dos. Je sursautai et fis volte-face, cependant il n'y avait personne.

— Tu me cherches ?

Je me tournai et vis le lutin debout juste derrière moi.

Il portait un costume ajusté que je jugeai suffisamment prétentieux pour qu'Allistair puisse vouloir le porter. Une veste bleu marine ainsi qu'une chemise blanche. Personnellement, je trouvais que ça n'allait pas avec ses yeux... Enfin, il n'avait pas deux yeux, mais un seul.

— Dans ce cas pourquoi deux yeux me fixaient-ils ?

Ce n'était pas logique. En même temps, c'était la seule chose qui avait du sens.

— Tout ceci n'est pas vrai, chuchotai-je.

Il sourit d'une manière presque bienveillante. Presque séduisante.

— Très intelligent, poupée. Ma mère n'était pas un lutin, mais un cauchemar. Elle m'a transmis certains dons très utiles pour rendre les gens dociles. Voyons la force de ton caractère, qu'en dis-tu ?

Son sourire s'effaça de son visage tout comme le sol disparut devant moi. Je tombai en chute libre pour réapparaître dans une pièce que j'aurais voulu oublier.

Mes jambes pendaient inertes, au bord de la table de conférence. Je luttais pour bouger, pour crier, pour hurler. Personne ne vint. Personne, alors que Josh me pelotait ou léchait mes seins. Personne, tandis qu'il déboutonnait mon jean et commençait à le retirer.

D'une seconde à l'autre...

Josh le fit glisser de mes jambes. Quand cela se passa, je réussis à me réfugier dans mon esprit. Mais aujourd'hui ce n'était pas une option. Je me retrouvais coincée dans mon pire cauchemar. Incapable de me réveiller. Nulle part où m'enfuir.

Oh Dieu, ne fait pas cela. Ne permets pas que cela arrive. Bon sang, qu'ai-je fait pour mériter cela...

Rien. Je n'ai rien fait pour mériter ça.

Je sentis le premier soupçon de chaleur, mais ce n'était pas suffisant pour me libérer.

Ce n'est pas réel. Ce n'est pas réel. Ce n'est pas réel. Me fredonnai-je encore et encore. Peut-être que les gars ne viendraient pas, et peut-être étais-je piégée dans une sorte de cauchemar, mais tout cela ne le rendait pas réel.

Le seul fait de le revivre ne lui donnait aucun pouvoir sur moi.

À peine y pensai-je que le souvenir éclata en mille morceaux, se brisant en un kaléidoscope d'images résumant ma vie.

Je sombrai plus profond dans les bris de mon passé et reculai horrifiée en atterrissant.

Josh était terrible. Je le voulais mort. Mais ceci…

Ceci était le vrai point de départ de tout le reste.

Il s'appelait Danny, et c'était mon premier amour. Du moins, je le pensais.

Nous nous étions rencontrés à Portland. Il avait été réaffecté dans l'orphelinat où je vivais. J'avais quinze ans à notre première rencontre. À peine plus qu'une enfant, et certainement pas une femme. Nous devînmes rapidement amis, lui et moi. Même Moira l'appréciait, ce qui était inédit, car elle n'aimait littéralement personne sauf moi.

Et personne d'autre depuis.

Nous nous connaissions depuis six mois avant notre premier rencard. Il m'emmena au Olive Garden. J'avais renversé de la soupe sur moi, et comme j'étais trop gênée pour aller au cinéma après cela, aussi nous rentrâmes à la maison pour admirer les étoiles sur un trampoline.

Six mois avaient passé, pourtant Danny avait changé… il devenait de plus en plus exigeant à mesure que je passais du temps avec lui. Et il devint insupportable dès que je lui eus cédé. Il n'appréciait pas que je passe autant de temps avec Moira et avait tenté de se débarrasser d'elle.

Bien sûr, c'était cette nuit-là que je revivais dans ce cauchemar.

Le bruit de mes pas grinçait alors que je fermais la porte et avançais furtivement vers le lit. Moira était déjà dans les bras de Morphée pour la nuit. C'était étrange, car elle souffrait de problèmes d'insomnie.

Je tirai la fine couverture sur ma poitrine et sombrai dans le sommeil plus rapidement que d'habitude. Je me réveillai après ce qui ne me parut que quelques minutes, puis je réalisai que je n'étais pas seule. J'ouvris la bouche pour crier, mais un bâillon bloquait mes cris, m'obstruant les voies respiratoires.

Je fus saisie d'horreur en constatant qui était au lit avec moi, et ce qu'il était en train de faire. Il avait seulement utilisé un somnifère léger, convaincu que ce serait suffisant. Il n'avait pas anticipé combien je me débattrais en entrant dans mon lit.

D'un autre côté, je ne suis pas sûre qu'il était dans son état normal cette nuit-là, ou même les mois précédents l'incident. Je me débattis de toutes mes forces, et je veux dire vraiment de toutes mes forces. Mais mon corps n'était pas assez fort pour le battre ou m'enfuir. Je ne connaissais pas l'existence de la bête. Je n'avais pas accès au feu.

Pourtant, j'avais autre chose.

Je me jetai sur son esprit et le déchiquetai comme du papier.

C'était la seule chose que je pouvais faire. Je ne

voyais pas d'autres moyens. Diable, je ne savais même pas que j'étais capable de cela... jusqu'à ce que je le fasse.

J'étais tellement terrifiée, tellement blessée, tellement brisée que je me déchaînai et le rendis fou. Bien entendu, quand il réalisa que j'en étais la cause, il essaya de s'éloigner. Il tenta de fuir.

Il ne fit même pas trois pas avant de s'écrouler.

Je n'allai pas le laisser s'en tirer.

Il commença à jacasser et me dire combien il devenait fou à mon contact. Il n'envisageait pas ce que mon esprit pouvait faire.

Pourtant, j'étais née avec un don unique et si terrifiant, que je m'évertuais à l'oublier.

À oublier ce que je lui avais fait.

À oublier qui j'étais.

Je ne me contentai pas de lui lacérer l'esprit. Je réduisis son âme en bouillie, et je n'eus même pas besoin de le toucher pour le faire. Moira s'était réveillée. Elle me dit que je l'avais appelée. Que j'avais besoin d'elle. Qu'il me faisait mal.

Elle le trouva en train de hurler et de se frapper le crâne avec un presse-papier, en sang, les yeux aussi écarquillés et vides que ceux d'une poupée.

Elle me retrouva roulée en boule. Lorsqu'elle me prit dans ses bras, j'eus moins mal. Quand elle m'aida à me débarrasser du corps, elle me soulagea. En nettoyant les taches de sang sur le plancher, elle devint mon ancre.

Je me noyais dans la douleur de cette nuit-là et de ce que j'avais fait. Car je me souvenais de tout à présent. Quelqu'un avait arraché mes œillères pour me forcer à me souvenir de ce qu'il s'était passé.

À me souvenir que j'avais tué une âme.

Que Moira avait dépecé son corps.

Alors nous sommes devenues des sœurs liées par le sang.

Il fut un temps où ce souvenir pouvait me briser.

Alors je l'ai effacé de ma mémoire.

Aujourd'hui je m'en souviens.

Et ce démon qui m'a forcée à le revivre a sous-estimé ma guérison.

Comme je suis devenue forte.

Je n'arrivais pas à trouver les flammes dans ce cauchemar qu'il avait créé.

Pourtant, il m'avait offert une arme beaucoup plus létale, qu'il ne pouvait plus reprendre.

Je me libérai mentalement pour chercher l'essence même qui m'entourait. Il recula instinctivement, fuyant l'énergie, car il venait de se rendre compte de son erreur.

Je sus à quel moment il quitta mon esprit, car je

me retrouvai à genoux devant lui tandis qu'il reculait vers la porte.

Son œil unique me regarda et je lui souris, sombre et affable.

— Tu aurais dû nous tuer quand tu en as eu l'occasion, lui lançai-je, déterminée à ne pas lui en donner une autre.

Il ouvrit la bouche pour crier, mais il n'avait plus le temps.

Je me jetai sur lui, mue par la force incommensurable de la colère, et lui dévorai son âme.

D'une volonté farouche, je ranimai le feu pour détruire son corps jusqu'à ce qu'il n'en reste que des cendres scintillantes, dansant dans les flammes.

Je traversai le brasier vers la chambre de derrière où je percevais les battements du cœur de Moira qui ralentissaient à mesure que la drogue pénétrait ses veines. C'était un menteur et j'étais une tueuse, mais je refusais que Moira en subisse les conséquences.

Je refusais de la laisser mourir.

— Ruby !

Je ne me tournai pas vers la voix en approchant la chaise où le démon l'avait ligotée. Cette chaise que je ne connaissais que trop bien, pour y avoir tatoué un nombre incalculable de clients.

Les flammes léchèrent la corde et la firent céder.

Son corps inconscient s'affaissa et je me précipitai pour la rattraper. La bête s'imposa. Elle berça ma meilleure amie tandis que nous la portions pour la poser au sol. Des flammes caressèrent la peau de Moira, mais sans la brûler.

Moira était immunisée contre mes flammes.

— Tu vas lui faire du mal. J'ai besoin que Ruby revienne, dit Laran qui venait d'apparaître au-dessus de nous.

Baigné de flammes, il était superbe. À l'instar de Moira, les flammes ne l'atteignaient pas.

— Elle est en train d'agoniser. Je vais la sauver, car elle est notre lien. C'est à nous de la protéger, répondit la bête de la même voix éteinte.

Elle se servit de ma main pour soutenir tendrement la tête de Moira.

La peau de Moira était si pâle qu'elle ne semblait plus verte, mais d'une couleur cendre blême qui faisait peine à voir. Elle était totalement atonique. Son cœur luttait dans sa poitrine pour continuer de battre malgré le poids de la drogue.

Moira était ainsi.

Ma moira.

De gré ou de force, elle allait survivre.

Une lumière bleue s'échappa de ma main pour couler dans ses tempes. Le feu agissait rapidement et se répandait dans son sang, brûlant les produits toxiques qui menaçaient sa vie.

C'était sûrement une bénédiction qu'elle ne soit pas consciente, car ce genre de purification était éprouvante. C'était une chose d'être immunisé contre les flammes, mais tout autre chose d'être irradié de l'intérieur. Pourtant, la bête continua à déverser le feu dans ses veines, jusqu'à ce qu'elle se mette à hurler.

Si elle avait assez de force pour crier, alors elle était assez forte pour vivre. C'est à ce moment, et seulement à ce moment précis que le feu s'éteignit. Je vis le regard de Moira se fixer dans le mien. Ses yeux n'étaient plus verts, mais d'un bleu cobalt, ses pupilles marquées d'un pentagramme inversé cerclé de noir.

—Je t'ai marquée, murmurai-je.

Puis je m'évanouis.

** Laran **

ELLE AVAIT MIS le feu au monde.

Les flammes de l'Enfer se déchaînaient à sa

demande, incendiant tout ce qu'elle aimait et qu'elle chérissait. Esclave de sa colère, elle ne pouvait absolument pas les contrôler.

J'étais bloqué dans mon pire cauchemar, persuadé que j'allais mourir. Tellement certain que j'avais commis la pire erreur de ma vie.

Puis la scène vola en éclats pour ne laisser devant moi non plus seulement Ruby ou sa bête, mais surtout une déesse vengeresse. Elle le foudroya par la force de son esprit, d'une puissance impossible à maîtriser.

C'était une puissance unique, et pour la première fois, je me demandai quelle partie d'elle était la plus forte. La succube qui prenait tous les risques pour son amie, ou la bête qui lâchait les flammes sur ce monde.

Je ne le savais pas, mais ceci allait tout changer.

Elle n'était plus simplement la fille de Lucifer, l'héritière de l'Enfer, ou même la future Reine.

Elle était ma partenaire.

— Ruby, hurlai-je en la poursuivant à travers les flammes.

Elles ne me brûlaient pas, et je pouvais remercier Lucifer pour cela. La banshee ne bénéficierait pas de la même immunité. Si elle la tuait ainsi... ça la briserait. Je n'avais pas le moindre doute qu'elle était sincère lorsqu'elle l'avait dit.

Si la banshee mourait, elle ne serait plus la même et les deux mondes s'écrouleraient.

Je plongeai dans le feu, ne m'attendant pas à ce que j'allais découvrir.

Ruby était agenouillée, tenant dans ses bras une demi-démone qui n'aurait pas dû survivre.

Non, ce n'était pas Ruby. C'était la bête.

Ses yeux, noirs comme le péché, étaient vides de toute émotion.

On n'y voyait que des pierres d'un noir obsidienne, qui appartenaient à la créature qui m'avait marqué.

— Tu vas lui faire du mal. J'ai besoin que Ruby revienne, lançai-je.

Au début, je pensais qu'elle ne m'avait pas entendu. Comment aurait-elle pu avec le tumulte des flammes ?

Mais, elle répondit.

— Elle est en train d'agoniser. Je vais la sauver, car elle est notre lien. C'est à nous de la protéger.

Elle est notre lien...

Comment avions-nous pu passer à côté de ça ? La bansh... Moira n'était pas seulement une amie ou sa famille. Elle était la *compagne* de Ruby.

C'était la raison pour laquelle Ruby ne pouvait effectuer sa transition. La raison pour laquelle nous n'avions aucune idée de sa puissance. Moira avait supporté les flammes... parce que Ruby ne pouvait physiquement pas lui faire de mal, à aucun titre.

Moira avait joué le rôle des Cavaliers de l'Apocalypse en catalysant l'énergie, car nous n'étions pas là. Simplement, nous ne l'avions pas compris.

Avant cette nuit, nous l'avions totalement laissée tomber.

Je tombai à genoux devant elle, sans un mot.

Tous les signes étaient là, et nous ne les avions jamais reconnus.

Peut-être était-il temps que nous commencions à observer et à écouter.

La bête posa ses mains sur le visage de la banshee. La peau de la jeune fille d'habitude d'une teinte plus fraîche était d'une pâleur maladive. Pour cela, Ruby avait aussi eu raison. Le lutin n'avait pas attendu, mais il n'était ni stupide ni optimiste pour croire qu'il l'aurait fait.

Des flammes bleues jaillirent du bout de ses doigts, éclatantes de vie sous la peau de Moira. Elles se répandaient tels des panaches de fumée, illuminant le moindre centimètre de sa peau jusqu'à ce qu'elle devienne si lumineuse que c'en était douloureux de la regarder, pourtant je ne détournai pas le regard.

La banshee laissa échapper un cri en ouvrant les yeux d'un coup. Immédiatement, les flammes s'estompèrent.

—Je t'ai marquée, murmura Ruby.

Je tendis les bras pour la retenir lorsqu'elle s'évanouit.

Le Blue Ruby Ink avait disparu. Les Cavaliers de l'Apocalypse se tenaient debout au milieu des tas de cendres.

Ils regardaient Ruby et Moira, arrivant à la même sombre conclusion que moi.

Le monde s'ouvrirait à elles deux, mais si quelque chose arrivait à Moira...

Ruby réduirait tout en cendres.

Notre travail venait de se compliquer considérablement.

19

Je me réveillai aux doux murmures du vent qui me caressaient le visage. Frais. Léger. Je clignai des yeux et accueillis l'obscurité. Après avoir flotté, suspendue dans le vide, je ne pouvais pas vraiment reconnaître ma chambre dans l'appartement plongé dans le noir. Le clair de lune balayait les cartons alignés sur le mur du fond et les rideaux blancs scintillaient, sous le souffle d'une légère brise. Quelqu'un avait laissé la porte-fenêtre du balcon ouverte.

J'avais les jambes courbaturées et raides, je les fis glisser par-dessus les draps noirs et posai les pieds sur la moquette moelleuse. Je pliai mes doigts de pieds pour les enrouler dans les fibres de la moquette.

Combien de temps m'étais-je évanouie ? Combien de temps étais-je restée inconsciente ?

Je tendis la main vers mon peignoir étalé sur la couette, et l'enfilai. Je jetai un coup d'œil vers le lit où Moira dormait profondément. À la voir ainsi, les yeux fermés, j'arrivais à faire comme si rien ne s'était produit. Elle semblait la même que d'habitude, sauf que Bandit était lové contre elle. Il était accroché à son tee-shirt d'une patte et avait enroulé l'autre autour de son éléphant rose. Sa tête reposait sur son ventre plat dont il se servait comme d'un oreiller. Pour une fois, il lui bavait vraiment dessus.

Je souris, car ils étaient en sécurité. Pourtant, au fond de moi, j'avais le cœur lourd en pensant à ce qui nous attendait dans la matinée. Laran allait-il bien ? Et les autres ? Quelqu'un nous avait bien ramenées ici. Voilà les questions que j'allais poser dans la matinée.

Mes jambes protestèrent lorsque je me levai de mon lit et entrepris quelques pas hésitants dans la chambre vers la porte-fenêtre ouverte. Les flammes de l'Enfer n'étaient en rien aussi épuisantes physi-quement que mon autre don.

L'anéantissement d'âmes, je crois ?

Quelque chose dans le genre. Je demanderais à Moira demain matin.

Je m'avançai pour attraper le bord d'une des fenêtres du balcon, m'en servant pour garder l'équilibre tandis que j'enjambai le seuil pour sortir dans la nuit. Mes doigts de pied frissonnèrent au contact de la pierre froide. J'enroulai mes bras autour de mon corps, serrant mon peignoir. Non pas qu'il était d'une grande efficacité avec ce temps.

Du haut des vingt-trois étages au milieu de la nuit… la vue était époustouflante. Des gratte-ciel dominaient la ville, mais aucun n'égalait en taille celui où je me trouvais. Ils scintillaient de teintes or, bleues et vertes dans le noir du ciel sans étoiles. Je me sentais vraiment minuscule.

Je pris une profonde inspiration, car je savais que je n'étais pas seule.

Je savais qu'elle se tenait là, dans l'obscurité, où je ne pouvais la voir.

Après tout, cela faisait un bon moment qu'elle me suivait.

— Tu sais, certains m'ont crue folle de vouloir quitter le sud pour m'installer ici. Ils me traitaient d'enfant parce que j'avais vu une photo sur une carte postale et avais décidé de déménager. Suffisamment loin au nord pour me cacher de la plupart des démons, mais dans une ville merveilleuse où je trouverais toujours l'inspiration.

Ma voix n'était guère plus qu'un murmure dans le vent, pourtant je savais qu'elle m'entendait.

— C'est une vue magnifique, je te l'accorde, répondit-elle calmement.

Le vent portait ses paroles jusqu'à moi tandis que je m'accrochais au rebord en pierre du balcon.

— Pourquoi m'as-tu aidée ? demandai-je toujours sans la regarder.

Elle n'allait pas me tuer. Si elle l'avait souhaité, elle aurait laissé Moira mourir.

— À quelle occasion ? répondit-elle.

La pression s'inversait à mesure qu'elle approchait. Je ressentais sa terrible puissance et la douleur qu'elle provoquait, mais également... de la résistance. Alors que ma lumière intérieure était bleue, cette lumière était clairement plus sombre. D'une nuance indigo.

Stupéfaite, je compris qu'il s'agissait de son âme.

Il allait me falloir du temps pour m'habituer à...

— Tu m'as indiqué où la trouver. Comment savais-tu que je t'écouterais ?

— Je ne le savais pas, mais je m'en doutais.

— Tu t'en doutais ?

— Tu savais que quelqu'un veillait sur toi, mais au final, c'était ta décision, dit-elle.

— Et Seelie ? poursuivis-je en continuant de fixer l'horizon.

J'allais apprendre à garder précieusement ces images, car elles allaient disparaître de ma vie très bientôt.

— J'aimerais pouvoir dire que ce n'était que par bonté d'âme, mais c'est faux, dit-elle en laissant échapper un soupir las. Tu es la prochaine maîtresse de l'Enfer, et cela fait de toi une personne extrêmement puissante. Une menace pour mon maître. Il m'a envoyée pour éliminer l'horrible démon, et pour te surveiller, et même te tuer si j'en avais l'opportunité.

Ainsi donc les légions de l'Enfer étaient arrivées. Les Cavaliers de l'Apocalypse ne plaisantaient pas.

Des personnes très puissantes voulaient me voir morte, et aujourd'hui, elles savaient où me trouver.

— Pourtant tu ne l'as pas fait, dis-je en détournant les yeux de la vue.

Elle se trouvait à peine à un mètre de moi, et était presque exactement comme dans mon souvenir. À part la cape sombre qui dissimulait son corps. Ses cheveux couleur neige avaient des reflets argentés sous le clair de lune. Elle les avait ramassés en une tresse qui cachait les pointes mauves. L'obscurité rendait ses yeux couleur mercure plus vifs et éclatants.

— Non, murmura-t-elle. Je ne l'ai pas fait.

— Pourquoi ? Je t'ai viré de chez moi. Je t'ai menacée. Tu n'avais même pas à le faire toi-même, je serais probablement morte... pourtant tu m'as sauvée. Pourquoi ?

Nous nous fixâmes et le temps s'arrêta. Le vent ne bougeait plus ni le ciel. Pas un seul être vivant ne remuait, pas même ceux qui se trouvaient près de nous.

— Parce que je t'observais quand la foule est venue devant ton magasin, et j'ai vu ta réaction lorsqu'ils ont jeté des pierres sur ta famille. Je t'observais, et j'ai vu du bien. J'ai vu un futur pour un Enfer qui ne serait pas jalonné de sang et de meurtres inutiles.

Elle regarda vers les cieux, mais il n'y avait aucun Dieu qui nous regardait de là-haut, cette nuit. Une meurtrière et une tueuse. Deux démons s'inscrivant dans quelque chose de profane et pourtant divin.

— Tu n'as pas vécu suffisamment longtemps pour avoir vu ce que j'ai vu. Les horreurs que les nôtres doivent soit devenir, soit endurer. Tu n'es pas comme nous autres, pas totalement. Toi, la fille de

Lucifer, tu peux changer l'avenir de l'Enfer. Mais ce qui est encore plus important pour moi... tu peux changer mon avenir.

Des mèches rebelles de cheveux blancs et mauves s'échappaient de sa tresse et volaient au vent. Je ne savais pas si je devais être reconnaissante pour ce qu'elle avait fait, nerveuse à l'idée de ce soi-disant avenir qu'elle imaginait, ou encore inquiète, car à présent nous étions au cœur du problème.

— Tu attends quelque chose de moi.

— Oui, répondit-elle. Pas tout de suite, mais plus tard. Appelle cela un service pour m'être investie pour ton avenir.

— Et le tien, répliquai-je laconiquement.

Elle plissa les yeux en me regardant, se demandant si elle avait fait le bon choix en m'accordant sa confiance. Je ne lui en voulais pas, tout comme je ne lui en voulais pas d'attendre quelque chose en retour. Ainsi allait le monde : un échange de biens et de services. Les empires se sont construits de cette manière, de même que les reines.

Je ferais bien de m'en souvenir.

Les gens disaient toujours que l'Enfer est pavé de bonnes intentions, pourtant personne n'a jamais d'intentions strictement bonnes. Nous sommes tous un peu égoïstes. Et plus qu'un peu pour la plupart d'entre nous. Je ne pouvais pas faire confiance à quelqu'un qui avancerait avec de bonnes intentions, par contre je parierais facilement sur quelqu'un avec des intentions honnêtes. Le chemin de la vie avait un coût. Et celui-ci était le sien.

— J'ai une dette envers toi, et si je dois vivre assez longtemps pour régner... quoi que cela implique... eh bien, tu sauras où me trouver.

Elle se détendit un bref instant, dégaina d'un geste rapide une main crochue et me frappa d'un coup. Je fis un bond en arrière, cognant ma tête contre le balcon en pierre, puis mes jambes se mirent à flageoler sous le coup de l'épuisement.

—C'était quoi ça...

Je la regardai faire lentement glisser la même griffe le long de sa propre peau, mon sang se mélangeant au sien. Une sensation torride se propagea dans ma jambe gauche, à l'endroit où elle m'avait coupée. J'écartai le tissu pour découvrir une très fine cicatrice déjà cautérisée.

—La magie du sang, murmurai-je.

Je n'osai pas en dire plus.

— Prends cela comme une assurance que tu tiendras ta parole, répondit-elle.

Je déglutis en hochant la tête. On ne pouvait défier ce qui ne pouvait être défait. La démone se retourna et je compris que notre entretien arrivait à terme.

— Attends, l'appelai-je.

Elle s'immobilisa et inclina le menton sur le côté.

— Les messages que tu m'as envoyés... tu les as codés, pourquoi?

Elle sourit, comme si elle était fière de moi, mais aucunement surprise.

— On nous surveille, toi et moi. D'autres vont venir.

— Qui nous surveille? demandai-je.

C'était inutile de demander qui allait venir. Les Cavaliers de l'Apocalypse m'avaient déjà mise en garde. Des démons. Du monde entier. Le démon au Black Brothers avait su qui j'étais, et je parierais tout ce que j'ai qu'il s'est assuré de le faire savoir au reste du monde.

— Je ne peux pas te répondre.

— Est-ce ton maître?

Elle sourit à nouveau. Je commençai à prendre le coup de main. Elle pouvait intervenir, mais que dans une certaine mesure. Je devais me débrouiller pour les réponses que j'attendais.

— Des personnes très influentes sont impliquées. Ne fais confiance à personne, pas même à moi, si tu veux vivre assez longtemps pour accéder au trône. Le diable ne se cache pas toujours dans l'ombre.

Ses derniers mots me firent frissonner, et en l'espace d'un battement de cils, elle avait disparu.

Je n'essayai même pas de la chercher. Elle reviendrait le jour où elle voudrait être trouvée, mais jamais avant.

Les premiers rayons de l'aube fendillèrent la ligne d'horizon et je retournai me coucher, réalisant à cet instant que je ne connaissais même pas son prénom.

20

Ça passait en boucle aux infos le lendemain matin. Un incendie avait détruit intégralement la zone commerciale où se trouvait le Blue Ruby Ink. La cuisine en face de chez nous possédait un four à bois. Les journalistes évoquaient la probabilité que quelqu'un ait oublié de fermer la chambre du four et que le feu se soit propagé. Le four du restaurant s'était ensuite fendu et le feu s'était étendu jusqu'aux autres bâtiments, détruisant tout sur son passage.

Un tragique accident qui ne s'était heureusement pas transformé en une tragédie.

Il n'y avait aucune victime. Pas d'humains, en tout cas.

Je tirai ma capuche sur mon visage tandis que

je restais là en face de mon ancienne vie. Le Blue Ruby Ink avait disparu. Ma maison avait disparu. Les cendres voletaient dans le vent et se mêlaient à la pluie, recouvrant la rue devant moi d'une gadoue noire et brillante. Le froid qui traversait ma fine veste me brûlait les poumons à chaque inspiration, réveillant en moi la lucidité de regarder la scène devant moi et de l'apprécier à sa juste valeur.

Le dernier clou de mon ancien cercueil.

Était-ce approprié que la puissance de mes flammes m'ampute de ce que j'aimais tant? C'était certainement ironique. Ma vie disparaissait dans un brasier, et de ses cendres je renaissais.

Ça sonnait bien, n'est-ce pas? Encourageant? Inspirant?

—À quoi penses-tu? me demanda Moira.

Je détournai les yeux du morne chantier en face de moi.

— Que je suis fatiguée de fuir quoiqu'il arrive, répondis-je.

Elle m'adressa un large sourire et les pentagrammes dans ses yeux cobalt tournoyaient comme de la fumée.

—J'imagine que nous sommes deux dans ce cas. Veux-tu demander aux espèces de feignasses s'ils veulent qu'on les amène chez Marthe ou les laisser travailler pour leur pardon ?

Je lui rendis son sourire, heureuse de constater qu'au moins certaines choses ne changeaient pas.

— Je devrais probablement leur proposer. Essayer de leur rendre les choses plus faciles, dis-je à contrecœur. Nous marchâmes quelques mètres sur le trottoir où Rysten et Julian nous attendaient. Ils avaient fait en sorte de nous laisser de l'espace depuis que j'étais réveillée, mais je ne savais pas si c'était pour moi, ou pour eux.

J'imaginais que l'avenir nous donnerait le temps nécessaire pour reconstruire la confiance entre nous. Moira aurait pu mourir. Alors je ne regrettais rien, et ne voulais pas m'excuser de mes agissements. Malgré tous les câlins « je-suis-désolé-mais — ne — refais-jamais-ça — s'il-te-plait » que Rysten avait tenté de me faire, ou même les regards blessés de Julian et qu'il pensait que je ne voyais pas. Ils pouvaient être désolés tant qu'ils le voulaient, cela ne ferait aucune putain de différence. Je n'allais pas changer, alors s'ils pensaient que je les laisserais prendre toutes les décisions pour moi quand nous serions partis... ils se mettaient le doigt dans l'œil.

— Ça vous dirait qu'on vous dépose ? J'ai envie

de prendre un petit déjeuner chez Martha avant de partir, leur proposai-je.

— Ce serait sympa. Merci, chérie, répondit Rysten me tendant le bras pour que j'y pose le mien.

Je regardai Julian en lui tendant mon autre main. Il se figea un instant, jusqu'à ce que je la tourne et l'ouvre.

— C'est toi qui conduis.

Julian fixa les clés et un léger sourire se dessina sur ses lèvres. Il les saisit et prit la tête d'un bon pas, un peu plus énergique. Il faudrait du temps pour tout réparer entre nous, mais de petits gestes de paix contribuaient grandement à combler les fossés.

— Je prends la place passager ! cria Moira en le suivant à la hâte.

Oui, certaines choses ne changeaient jamais.

— Je ne sais pas trop quoi penser de tout cela, marmonna Rysten.

— De tout quoi ? demandai-je.

— Tu as marqué Guerre *et* la banshee avant moi, dit-il. Et moi qui pensais être ton préféré.

Je gloussai doucement tandis que nous approchions de la voiture.

— Je sauvais la vie de Moira. Tu ne peux pas sérieusement être jaloux de ça, dis-je en réprimant le sourire que Rysten semblait toujours en mesure de provoquer chez moi.

Même après tout cela.

— Promets-moi juste une chose, chuchota-t-il à mon oreille.

— Mmm ?

Je me penchai vers lui, en souriant posée au creux de son épaule.

— Que je serai le prochain, grogna-t-il.

Ma féminité se réveilla… je frissonnai sous la caresse de ses lèvres. Oh oui, la bête était plus que ravie de faire de lui le prochain.

Sale traînée.

— Hum, hum, toussa Moira.

Par-dessus l'épaule de Rysten, je croisai son regard, elle haussa les sourcils, et je m'écartai.

— Gagne ce droit, lui répondis-je en murmurant.

Il gloussa doucement et me lâcha. Nous conduisîmes jusqu'au restaurant dans un relatif silence, du moins autant que cela était possible lorsque Moira se trouvait dans le véhicule et donnait des conseils de conduite à Julian.

Pendant ce temps, je laissais mon esprit vagabonder.

Nous devions quitter Portland pour des raisons

évidentes, mais ne pouvions nous rendre tout de suite en Enfer. Allistair resterait ici pour gérer mon assurance immobilière ainsi que celle de mon magasin, et puis commencer à organiser le transport de toutes mes affaires d'un monde à l'autre. Ce qu'il en restait, en l'occurrence.

Sans parler des questions que les gens se posaient sur le côté opportun que ma maison et mon salon de tatouage disparaissent la même nuit. Aucune allégation n'avait encore été mise sur la table, de toute façon Allistair réglerait cela.

En fin de compte, tout ceci n'était que ruse. Il restait après nous pour se tenir au courant.

Des problèmes s'annonçaient, mais je serai déjà loin d'ici une heure.

Mais je voulais mes affaires.

Ils ne nous avaient toujours pas dit où nous nous rendions. Je n'eus le droit ce matin qu'à de vagues réponses m'expliquant que Laran « s'occupait de tout. »

Nous nous garâmes devant le Resto de Martha, et j'avais les larmes aux yeux en sortant de voiture. Le carillon de la porte résonna comme il l'avait toujours fait, quand nous entrâmes pour prendre notre table habituelle. Kendall et ses potes étaient introuvables et je supposai que cela durerait un bon moment.

Je me glissai dans le box et Rysten fit de même, Julian et Moira s'installèrent en face de nous.

— Qu'allez-vous prendre ce matin, Ruby? demanda Martha en s'approchant de nous derrière le comptoir.

Elle sourit avec sincérité. Bien, elle n'avait pas entendu la nouvelle. Au moins cela rendrait les adieux plus faciles.

— Quatre assiettes de bacon et du café noir.

— Je ne sais même pas pourquoi j'ai demandé.

Nous avions la même conversation depuis dix ans. Cette décontraction allait me manquer, pourtant, déjà maintenant, rien ne semblait plus aussi simple. Une fois fini le petit déjeuner, il serait temps que je m'en aille.

— Tout va bien se passer, chérie, me murmura Rysten en se penchant vers moi, tandis que les autres commandaient.

Ce fut la seule allusion faite à ce qui nous attendait. Le déjeuner se poursuivit, ponctué par l'humour caustique de Rysten souvent dirigé contre Julian, et nos rires à Moira et moi.

Quand Martha nous apporta l'addition et me souhaita un bon samedi, je souris en lui souhaitant également une belle journée. Elle ne saurait jamais ce que je serais devenue, et je ne pouvais pas lui en parler. Personne ne devait savoir que nous nous en allions, pourtant j'imagine que le pourboire que je lui laissai était probablement un indice. Je fus la dernière à sortir du restaurant et ne serais pas là lorsqu'elle se rendrait compte que je lui avais laissé les économies de toute ma vie ainsi que mes clés de voiture sur la table.

D'accord, ce n'était pas énorme, mais c'était tout ce que j'avais à offrir à cette femme qui m'avait surveillée à distance ces dernières années et qui m'avait procurée un en endroit sûr où me réfugier. Un jour elle verrait les informations, mais peut-être qu'aujourd'hui elle penserait que j'étais sympa.

Alors que nous marchions dans une ruelle, les nuages s'ouvrirent sur un unique rayon de soleil. Je trouvai cela étrange... puis je compris ce qu'il illumi-nait. Ou plutôt qui, il illuminait.

— Salut, toi, m'écriai-je.

Laran s'installa près de moi, Bandit perché sur son épaule.

— D'accord, tu nous as caché les choses assez longtemps. Où allons-nous? demanda Moira, les mains sur les hanches.

Apparemment, elle était la seule d'entre nous à croire en la politesse.

— C'est quoi cette histoire que je vous aurais caché des choses ? me demanda-t-il en ignorant complètement Moira.

Elle le regarda, les yeux plissés, et je voyais presque les progrès accomplis.

— Faut-il que je me mette à crier pour...

Avant que je ne puisse répondre, un portail de feu apparut devant moi et quelqu'un me poussa dedans. Je hurlai pendant deux secondes avant d'atterrir dans un bruit sourd sur quelque chose de moelleux.

Bordel, qu'est-ce qu'il a...

— CONNAAAAAAARRRRRDDDD !

Bang !

Je me retournai dans le lit et aperçus Moira assise près de moi, les yeux écarquillés et folle de rage.

— Ce connard vient de me pousser à travers le portail, jura-t-elle.

— Oui, bon. Sois rassurée, nous avons trouvé cela très amusant, dit Rysten en sortant de l'ombre.

— Allistair m'a raconté combien tu aimes qu'on te pousse, ajouta Laran mort de rire en sortant d'un cercle de feu.

— en fait, je pourrais te tuer, ripostai-je de mon lit.

Bandit sauta de son épaule pour le protéger et se mit à émettre un horrible cri étouffé. Si je ne le connaissais pas mieux, j'aurais dit qu'il était en train de *rire*.

— Alors, Ruby, es-tu certaine que tu veux le faire ? Regarde dehors, dit Rysten au moment précis où je fonçais sur Laran, et je dois avouer, le fracassait contre un mur.

Non, mais...

— Je ne rêve pas ? hurla Moira. Sans blague, elle vient vraiment de foncer dans Guerre...

— Ruby chérie. Viens près de moi, un instant, dit Rysten, d'un ton léger, teinté d'inquiétude.

Je restai figée, sous le choc, les deux mains sur le torse de Laran, essayant de comprendre pourquoi ma tête était si chaude.

Enfin, ça me brûlait.

J'arrivais à peine à réfléchir...

— Guerre, es-tu physiquement capable de bouger ? demanda Julian derrière moi.

Il parlait d'une voix calme et posée, d'où émanait de la puissance.

Laran se tendit sous mes mains, mais ne bougea pas d'un iota. Je le poussai, plus fort cette fois-ci. Un craquement retentit dans la maison lorsqu'il traversa le mur et atterrit de l'autre côté dans des gravats de plâtre et de poussière.

— Eh bien, j'ai ma réponse, commenta Julian.

— Bon sang, que vient-il de se passer ? demandai-je, en me ressaisissant et m'écartant.

— Eh bien, chérie. Il semblerait que tu entres en transition. Il ne faudra pas plus de quarante-huit heures pour qu'elle s'opère totalement, répondit Rysten avec calme.

Il s'approcha de moi les mains levées en signe de reddition.

— Pourquoi te comportes-tu ainsi ? criai-je, en sortant en trombe de la pièce, même si je n'avais aucune idée d'où je me trouvais.

Laran m'avait juste poussée à travers un satané portail et puis...

Je fermai les yeux et jurai, en prenant de profondes inspirations.

Derrière moi, j'entendais les gars qui discutaient de manière enflammée. Ils parlaient de Julian qui devait s'endurcir et de mon parfait timing. J'ouvris les yeux et battis des paupières. Mes émotions se dissipèrent juste assez pour que je puisse découvrir ce qui m'entourait. Une moquette blanche épaisse et des meubles en cuir noir.

L'étonnant mur de verre devant moi, reflétant la lumière du soleil jusque dans les particules de poussières flottant dans l'air.

Le paysage urbain que tous les enfants démons nord-américains apprennent à reconnaître.

La Nouvelle-Orléans.

La ville des morts.

Appelée également les Portes de l'Enfer.

Putain.

À suivre...

À PROPOS DE L'AUTEUR

À propos de l'auteure

Kel Carpenter est une experte en griffonnage. Quand elle ne lit pas et n'écrit pas, elle voyage un peu partout, embête gentiment sa correctrice et passe son temps avec son mari et ses bébés à fourrure. Elle est toujours en quête de bons tacos et de la meilleure pizza du monde. Elle habite dans le Maryland où elle cherche désespérément à éviter les bouchons.

REMERCIEMENTS

Certaines histoires sont faciles, et d'autres plus difficiles. *Un jeu malsain* s'est écrit tout seul, et après plusieurs corrections et relectures, j'adore toujours le lire. Cela dit, jongler entre les études et l'écriture tout en préparant cette publication était particuliè-rement stressant.

À Analisa, mon amie et correctrice, qui supporte mes conneries et rend mes livres lisibles, merci ma belle. Pour le coup, je te dois sûrement plus qu'une bouteille de scotch.

À Carrie et Courtney, votre soutien moral à toutes les deux et vos manigances m'ont aidée plus que vous ne le pensez. Je vous adore, les filles.

À Matt, je devrais sans doute te remercier le plus pour avoir viré les chats manu militari quand ils décidaient de s'installer sur mon ordinateur pendant mes corrections. Sans toi, ça n'aurait jamais été prêt à temps.

Et enfin, à mes lecteurs qui ont lu ces livres et

m'ont inondée de vidéos de ratons-laveurs : vous êtes géniaux. Merci de me soutenir en tant qu'auteure. Au fait, n'oubliez pas de vérifier votre législation locale avant d'en adopter un.